RONDO

AASGEIER SIND SIE ALLE

STEFAN BARTH

Korrektorat: Michaela Stadelmann
Cover Design: Marko Heisig

Deutsche Erstausgabe

Zillestraße 101 B, 10585 Berlin
writer@stefan-barth.works

Für
Larry McMurtry
und
Robert Aldrich und Ralph Nelson

1

Arizona, August 1880. Chiricahua Mountains.

Chato geht vor ihm in die Knie.

Rondo würde dem Dreckskerl liebend gern eine Kugel ins Gesicht jagen, wenn er nur könnte, aber im Moment ist er dankbar, dass der sehnige Körper des Apachen die Sonne verdeckt und einen Schatten auf sein Gesicht wirft.

Chato streckt eine Hand aus und schmiert ihm eine dickflüssige, zähe Pampe ins Gesicht. Über Stirn, Wangen, Nase, Lippen.

Rondo versucht erfolglos, in die Finger des Indianers zu beißen. Stattdessen schmeckt er es auf der Zunge. Das zu einer breiigen Masse zerdrückte Fleisch von Saguarofrüchten.

Chato richtet sich wieder auf. Er blickt zu dem wenige Meter entfernt liegenden Ameisenhügel. Ein knapp anderthalb Meter hoher Klumpen aus Zweigen, Piniennadeln, Kieselsteinen, Sand, Blättern und Erde, dessen Form zu verschwimmen scheint, weil sich Zehntausende Ameisen auf und in ihm in ständiger Bewegung befinden.

„Sie werden nicht lange brauchen, bis sie dich finden. Sie werden dich umhüllen wie der Körper einer Squaw bei Nacht.

Sie werden dir in den Mund kriechen, in die Nasenlöcher, die Ohren. Sie sind winzig, aber sie sind viele. So viele. Und sie haben immer großen Hunger."

Chato wendet sich ab und geht zu seinem Pferd. Schwingt seinen drahtigen Körper in den Sattel. „Ich hole mir jetzt die Frau. Und das Geld." Er drückt dem Tier die Hacken in die Flanken und trabt davon, ohne sich noch einmal umzudrehen.

Rondo würde seine Wut und seinen Frust am Liebsten in den von bauschigen Wolken überzogenen, blauen Himmel schreien, aber die Genugtuung will er Chato nicht geben. Also hält er den Schrei zwischen aufeinander gepressten Zähnen zurück.

Er spannt jeden einzelnen Muskel in seinem Körper an, im verzweifelten Versuch, sich gegen das Erdreich zu stemmen, dass ihn gefangen hält.

Keine Chance.

Chato hat ihn bis zum Hals im Boden vergraben und die Erde festgetreten. Er steckt fest und kommt ohne Hilfe hier nicht wieder raus.

Schweiß perlt von seiner Stirn.

Seine Lippen sind aufgeplatzt, sein Hals trocken.

Er ist allein.

Mit der gleißenden Sonne.

Den Ameisen.

Rondo weiß, dass er wahrscheinlich den Verstand verlieren wird, bevor er stirbt. Ein Trost ist das nicht.

Er denkt an Pearl und an das, was Chato mit ihr machen wird, wenn er sie in die Hände bekommt. Wenn sie schlau ist, bewahrt sie die letzte Kugel für sich selbst auf, bevor das Halbblut sie erwischt.

Rondo schließt die Augen.

Versucht, die Gedanken an Pearl und Chato zu verdrängen.

Die Atmung zu beruhigen.

Den Herzschlag zu verlangsamen.

Die Panik zu unterdrücken.

Wieder sammelt er alle verbliebenen Kraftreserven, atmet tief durch und stemmt sich gleichzeitig gegen das Gefängnis aus Sand, Erde und Steinen.

Vergeblich.

Dann krabbeln die ersten Ameisen von ihrem Hügel in seine Richtung, angezogen vom Saft des Saguarokaktusses auf Rondos Gesicht.

Sie sind winzig, aber sie sind viele. So viele. Und sie haben immer großen Hunger.

2

Vier Tage vorher, ca. 120 Meilen weiter nordwestlich

Der Reiter peitscht sein Pferd so erbarmungslos durch die flirrende Hitze, als wäre der Leibhaftige hinter ihm her.

Es ist zwar nicht der Teufel, aber etwas, das ihm sehr nahe kommt.

Apachen.

Drei Krieger.

Wenn die ihn erwischen, wird es ein langer, qualvoller Tod für den Fliehenden.

So wie für die beiden Prospektoren, die Rondo gestern gefunden hat. Die Apachen hatten sie bei lebendigem Leib hinter ihren Pferden durch ein Kakteenfeld gezogen und dann mit Pfeilen am Boden festgenagelt. Einer war noch am Leben, als Rondo die Männer fand. Aber nicht lange.

Vor einem Jahr sind zweihundert Chiricahua-Apachen unter Victorios Führung aus dem San Carlos Reservat geflohen und machen seitdem Teile von New Mexico, Texas und Arizona unsicher. Ein Massaker an Siedlern in Alma, ein Angriff auf Fort Tularosa, Überfälle auf Farmen und Postkutschen.

Es heißt zwar, Victorio halte sich, nachdem die US-Kavallerie ihn am Rio Palomas beinahe erwischt hat, inzwischen auf der anderen Seite der Grenze in Mexiko versteckt, aber eine kleine Gruppe von Kriegern, unter der Führung eines Halbbluts namens Chato, treibt sich weiterhin in Arizona herum. Sie haben bereits ein halbes Dutzend Ranches überfallen und deren Bewohner abgeschlachtet. Die Armee warnt ausdrücklich davor, allein durchs Territorium zu reisen.

Rondo ist sich der Gefahr bewusst. Dennoch ist er auf dem Weg nach Tombstone. Bis gerade hatte er keine Probleme. Das könnte sich jetzt sich ändern.

Aber die Apachen haben ihn nicht entdeckt und bereits ein anderes Opfer. Mit ein bisschen Glück werden sie ihn nicht einmal bemerken. Gut möglich, dass noch mehr Krieger in der Nähe sind. Sein Selbsterhaltungstrieb signalisiert Rondo abzuhauen, solange er die Gelegenheit dazu hat.

Dem Mann da unten ist nicht mehr zu helfen.

Die Apachen schließen auf.

Das Pferd ihres Opfers ist zu erschöpft.

Er wird ihnen nicht entkommen.

Rondos Appaloosa scharrt ungeduldig mit den Hufen. Er spürt die Gefahr.

Dann passiert es.

Wahrscheinlich ist das Pferd des armen Teufels in einen Hasenbau getreten oder es war irgendeine andere Unebenheit. Die Vorderbeine des Tieres knicken ein, die Hinterläufe fliegen nach oben und der Reiter wird über den Pferdehals aus dem Sattel katapultiert. Er überschlägt sich in der Luft und landet in einer Staubwolke am Boden.

Vielleicht ist das Schicksal gnädig und er hat sich beim Sturz das Genick gebrochen.

Aber nein, er kämpft sich auf die Knie.

Sein Pferd versucht es auch, schafft es aber nicht, ganz offensichtlich hat es sich ein Vorderbein verletzt.

Der Reiter richtet sich taumelnd auf. Er hat seinen Hut verloren, langes blondes Haar hängt vor seinem Gesicht.

Rondo hält inne.

Die Haare, der Körper ...

Es ist eine Frau.

Selbst schuld, wenn sie sich allein hier draußen herumtreibt. Sie hätte es besser wissen müssen.

Das triumphale Johlen der Apachen ist bis auf die Anhöhe zu hören, von der aus Rondo das Geschehen beobachtet.

Die Frau rennt los. Erstaunlich schnell nach dem harten Sturz. Sind wohl alle Knochen heil geblieben. Sie trägt Männerhosen, die in Reitstiefeln stecken, eine Wildlederjacke mit Fransen. Entweder hat sie keinen Colt oder vergisst in ihrer Panik, ihn zu benutzen. Am besten wäre es, für sich selbst.

Die Apachen werden langsamer. Sie wissen, dass die weiße Frau ihnen nicht entkommen kann. Und sie lieben es, mit ihrer Beute zu spielen. Wie eine Katze, die die Maus nicht gleich tötet, sondern sie noch eine Weile zwischen ihren Krallen hin- und herwirft, bevor sie ihre Zähne in den kleinen Körper gräbt.

Rondo stößt einen leisen Fluch aus.

Zieht die Winchester aus dem Scabbard.

Visiert das Pferd des vordersten Apachen über die Mikrometer-Lochkimme an, atmet aus und feuert.

Pferd und Reiter gehen zu Boden.

Rondo schnauft verärgert. Er hat verrissen. Statt des Reiters das Pferd erwischt.

Leider bricht sich der Krieger genauso wenig das Genick wie die Frau, die sie jagen. Er kommt behände wieder auf die Beine. Nicht mal das Gewehr hat er losgelassen.

Rondo feuert erneut.

Der Apache wird von den Füßen gehoben und rücklings zu Boden geschleudert.

Inzwischen sind die beiden anderen Krieger von ihren Pferden gesprungen und rennen im Zickzack und mit ihren Gewehren schießend auf ihn zu.

Die Kugeln sausen weit an ihm vorbei.

Sie machen sich nicht die Mühe zu zielen, sie wollen ihn bloß in Deckung zwingen, damit sie näher herankommen können.

Aber dass sie nicht zielen, heißt nicht, dass sie ihn oder sein Pferd nicht trotzdem treffen können. Es wäre dumm, ausgerechnet von einem ungezielten Schuss erwischt zu werden.

Rondo lenkt den Appaloosa in die Senke, rutscht aus dem Sattel und hastet zurück nach oben.

Wirft sich auf den Bauch und–

Die Apachen sind verschwunden.

Als hätten sie sich in Luft aufgelöst.

Der Indianer, den Rondo erwischt hat, lebt noch. Er wälzt sich zusammengekrümmt am Boden, scheint aber nicht in der Lage zu sein aufzustehen.

Und die Frau?

Sie hat ihre Flucht gestoppt. Rondo sieht sie ein paar hundert Meter entfernt hinter einer Ansammlung von Büschen kauern. Er wünschte, sie würde einfach weiterlaufen, aber wahrscheinlich ist ihr klar, dass ihre einzige Überlebenschance darin besteht, dass der unbekannte Schütze die Apachen erledigt. Also kann sie auch bleiben, wo sie ist.

Wo sind die beiden anderen Krieger?

Ihre Pferde kauen dort, wo die Roten sie zurückgelassen haben, an einem trockenen Busch.

Apachen haben das unvergleichliche Talent, mit ihrer Umgebung zu verschmelzen, fast so wie manche Schlangen, die man erst bemerkt, wenn man auf sie drauftritt.

Es gibt nur wenige Büsche oder Felsen, die groß genug sind, dass die Krieger sich dahinter verbergen könnten.

Kann die Frau die Apachen aus ihrer Position sehen? Sie ist zu weit entfernt, als dass Rondo ihre Gesichtszüge oder gar Mimik ausmachen könnte. Trotzdem hebt er kurz den Arm und winkt ihr zu. Die Apachen wissen ja sowieso, wo er ist.

Sie winkt zurück.

Dann spritzt Dreck vor ihm in die Höhe und sprenkelt sein Gesicht. Zum Glück nicht in seine Augen. Der Schuss verhallt. Er kam von rechts, von ein paar kleinen Felsen, kaum groß genug, um einen einzelnen zusammengekauerten Körper zu verstecken.

Fehlt also noch die Position des zweiten Apachen–

Wieder fallen Schüsse, diesmal von links und etwas näher, unterhalb der Anhöhe. Der Krieger muss eine Winchester haben, denn er feuert rasend schnell hintereinander, mehr als ein halbes Dutzend Mal, und Rondo zieht den Kopf ein.

Der Angreifer hört nicht auf zu schießen, aber der Abstand zwischen den einzelnen Schüssen wird größer. Er will Rondo zwingen, in Deckung zu bleiben.

Der Grund dafür ist klar: um seinem Begleiter die Chance zu geben, näher heranzukommen.

Rondo versucht, die Schüsse zu zählen. Eine vollgeladene Winchester hält fünfzehn Patronen. Wie oft hat der Apache inzwischen abgedrückt? Zehnmal, elfmal ...?

Jetzt hört Rondo die Laufschritte.

Der andere Krieger kommt.

Rondo hat keine Wahl.

Er richtet sich auf.

Der Apache hat ihn fast erreicht. Ein gedrungener, kleiner Kerl, ein breites Tuch hält die langen Haare aus dem sonnengegerbten Gesicht. Er trägt einen Spencer-Karabiner und feuert aus der Hüfte. Von links kracht wieder die Winchester.

Rondo reißt sein Gewehr an die Schulter und sieht dem Apachen in die Augen, als er abdrückt.

Der Krieger wird von einer unsichtbaren Faust gestoppt und gerät ins Straucheln. Der Karabiner entgleitet seinen Fingern. Rondo feuert erneut und der Indianer fällt aufs Gesicht. Noch bevor er zurück in seine Deckung rutscht, jagt Rondo eine dritte Kugel in den Körper, um sicherzustellen, dass er am Boden bleibt.

Rondos Herz trommelt. Er nimmt den Hut vom Kopf und wischt sich mit dem Handrücken den Schweiß aus dem Gesicht. Wartet auf den Schmerz eines Treffers, den er im Eifer des Gefechts vielleicht nicht bemerkt hat, aber keiner kommt.

Er ist unversehrt.

Hinter ihm, auf der anderen Seiten der Anhöhe, bleibt es still.

Bis der gellende Schrei der Frau erklingt.

3

Pearl hatte gewusst, welches Risiko sie einging. Alleine nach Fort Bowie zu reiten, während Chatos Mörderbande sich da draußen herumtrieb, war, als würde man den Teufel zum Pokern herausfordern. Auch wenn es nur ein Zwei-Stunden-Ritt war.

Sie hatte Pop Brennan und den anderen eine Nachricht hinterlassen und war vor Sonnenaufgang aufgebrochen. Sie wollte Diskussionen vermeiden. Vor allem mit Yuma. Der hätte sie nicht alleine reiten lassen. Aber wenn sie mit ihm zusammen im Fort aufgekreuzt wäre, hätte das womöglich Verdacht bei Tyreen erregt.

Die Angst vor den Apachen im Nacken, hatte Pearl Fort Bowie im Morgengrauen unversehrt erreicht. Lieutenant Tyreen erklärte sie für verrückt, während sie sich aus den staubbedeckten Klamotten schälte, aber er war sichtlich erfreut, als ihr nackter Körper zu ihm ins Bett glitt.

Tyreens Ego ließ ihn glauben, sie hätte den gefährlichen Weg nur für ihn auf sich genommen. Dafür hatte sie in den vergangenen Wochen gesorgt. Sie gab ihm, wonach er sich so verzehrte, und während er erschöpft den Appell verschlief, verließ sie das Schlafzimmer seines Offiziersquartiers und ging in den Wohnraum.

Der Karte von Marvin Sturges war hinter der Landkarte des Arizona Territoriums an der Wand neben dem Schreibtisch versteckt. Pearl konnte die gerahmte Karte gerade noch wieder aufhängen, bevor sie die Schritte von Tyreens nackten Füßen auf dem Holzboden hörte.

Er flehte sie an, noch einen Tag im Fort zu verweilen, bis die nächste Patrouille aufbrach, die sie zurück zu Pop Brennans Ranch begleiten konnte. Sie erwiderte, sie könne ihren Onkel nicht so lange allein lassen, und er ließ sie widerstrebend ziehen.

Sie hatte den halben Weg zur Ranch bereits hinter sich gebracht, als die Apachen auftauchten. Der Triumph, die Karte in ihren Besitz gebracht zu haben, hatte sie die Gefahr fast wieder vergessen lassen.

Sie wusste, was ihr blühte, wenn die Indianer sie erwischten. Nachdem sie ihr das Pferd unter dem Hintern weggeschossen hatten und ihre Knochen wie durch ein Wunder heil geblieben waren, rannte sie. Es war der pure Überlebensinstinkt.

Dann kam ihr Retter, wer immer das war.

Sie hörte die Schüsse und als sie sich umdrehte, hatte er einen der Roten bereits erledigt, gleich darauf den zweiten, als sie versuchten, die Anhöhe zu stürmen, hinter der er sich verschanzte.

Sie hoffte, der letzte Apache würde die Flucht ergreifen, aber stattdessen verließ der Hurensohn seine Deckung und rannte in ihre Richtung. Er hatte ein Messer gezogen und das Gewehr zurückgelassen, was wohl bedeutete, dass ihm die Munition ausgegangen war.

Statt zu fliehen, griff Pearl nach einem Stein und schleuderte ihn dem Roten mit aller Kraft entgegen. Sie verfehlte ihn nur knapp, aber sie verfehlte ihn.

Wo verdammt war ihr mysteriöser Retter? Hatte ihn eine Kugel erwischt? Lag er womöglich verletzt oder sogar sterbend hinter der Anhöhe?

Sie sah den Apachen kommen, der kräftige Oberkörper unter einer offenen Armeejacke, die Beine nackt bis auf kniehohe Mokassins und einen Lendenschurz.

Sie hielt hektisch Ausschau nach einem weiteren Stein, mit dem sie um ihr Leben kämpfen konnte, aber der Apache stieß sich bereits wie eine Raubkatze vom Boden ab. Er bekam sie zu fassen und riss sie mit sich zu Boden.

Und als sich jetzt seine Hände in ihr langes Haar krallen und er sie gnadenlos hinter sich her zerrt, fängt sie an zu schreien. Der Schmerz ist grässlich, als würde er ihr die Kopfhaut bei lebendigem Leibe vom Schädel reißen.

Er zieht sie in eine Bodensenke und gibt ihr Haar wieder frei.

Das ist ihre Chance, auf die Beine zu kommen – aber der Rote lässt sich auf sie fallen und rammt ihr die Knie so hart in den Bauch, dass Magenflüssigkeit über ihre Lippen schwappt.

Sie will ihre zur Kralle geformten Finger in seine Augen schlagen, doch er weicht aus. Wenigstens erwischt sie sein Gesicht und hinterlässt blutige Furchen.

Sein Handrücken saust durch die Luft, die Knöchel explodieren auf ihrer Wange und sie sieht Sterne. Trotzdem versucht sie, nach dem Colt zu greifen, der in einem verblichenen Armeeholster vor dem Bauch des Roten steckt. Aber er kriegt ihre Hand zu fassen und verdreht ihr Handgelenk.

Dann hämmert er ihr den Knauf des Messers auf die Stirn und alles wird schwarz.

4

Als er aus der Deckung späht, sieht er gerade noch, wie der Apache die wild strampelnde Frau an den Haaren in eine Senke zerrt, wo sie beide aus seiner Sicht verschwinden.

Rondo lässt sein Gewehr liegen und rennt geduckt mit gezogenem Colt die Anhöhe hinab.

Vorbei an dem Felsen, von dem der Indianer auf ihn geschossen hat. Die Winchester liegt dort, wo der Rote sie fallengelassen hat.

Rondo hört Schnaufen und Stöhnen.

Er schlägt einen Haken nach rechts, in die Deckung einiger Creosotebüsche. Gerade rechtzeitig, denn der Apache ist wieder aus der Senke gekommen, feuert mit einem Remington Army Revolver.

Rondo stoppt und schießt.

Der Mann zuckt zusammen und taumelt zurück.

Rondo läuft weiter und macht einen Bogen, so dass er sich der Senke von hinten nähert.

Die Frau liegt regungslos am Boden.

Der Apache kniet auf einem Bein daneben, die linke Hand auf die Brust gepresst. Blut sickert durch seine Finger und rinnt den nackten Torso unter der Armeejacke hinab. Rondo hört seinen schweren Atem.

Und sieht, wie er den Lauf des Remingtons auf den Körper der Frau richtet.

Rondo feuert im Laufen.

Zweimal.

Haare fliegen. Ein Stück Schädeldecke. Blut spritzt.

Der Apache sackt über der Frau zusammen.

Rondo nähert sich vorsichtig der Senke.

Aber der Indianer rührt sich nicht mehr. Der Remington ist aus seinen Fingern geglitten.

Den Hahn seines Colts gespannt, zerrt Rondo den Krieger von der Frau. Ihre Jacke und das Hemd darunter sind blutbesudelt. Es scheint das Blut des Apachen zu sein. Rondo sieht weder eine Schuss- noch eine Stichwunde. Dafür eine Schwellung auf ihrer Stirn.

Ein Stöhnen kommt über ihre Lippen.

Ihre Augenlider flattern.

Öffnen sich.

Blaue Augen sehen ihn an.

Irgendetwas an ihr ...

Sie kämpft sich auf die Ellenbogen.

„Sie sind in Sicherheit", sagt Rondo. „Bleiben Sie liegen, ich hole Ihnen Wasser."

Als er mit dem Appaloosa an den Zügeln zurückkehrt, steht sie bereits wieder auf beiden Beinen. Das lange, blonde Haar leuchtet im Sonnenlicht.

Rondo reicht ihr seine Wasserflasche und sieht zu, wie sie trinkt. Hört in seiner Erinnerung eine Kapelle spielen und das Klappern von Absätzen auf einer Bühne. Der Geruch von Whiskey, Bier und Tabak steigt in seine Nase, obwohl sie mitten in der Wüste sind.

Sie setzt die Flasche ab. „Danke ..."

Sie hält inne. Runzelt die Stirn.

Am Boden zwischen ihnen der Schatten des ersten Aasfressers, der, angelockt von den toten Leibern, am Himmel seine Kreise zieht. Bald werden andere ihm Gesellschaft leisten.

Die Frau starrt ihn an.

Und dann sagt sie mit heiserer Stimme: „Rondo ..."

Er hat ihren Namen nie vergessen. „Hallo, Pearl."

5

Ihrem Pferd ist nicht mehr zu helfen. Es hat sich den linken Vorderlauf gebrochen. Als Pearl ihre Satteltaschen holt, hören sie den Apachen stöhnen. Den Krieger, den Rondo als allererstes ausgeschaltet hat. Sie sehen, wie er mit einer in den Boden gekrallten Hand versucht davonzukriechen. Quälend langsam. Millimeter für Millimeter. Während sein Blut im Erdreich versickert und Fliegen um ihn herumschwirren.

„Er lebt noch", sagt Pearl.

„Nicht mehr lange."

„Erschieß ihn."

„Warum soll ich eine Kugel verschwenden?"

Sie wendet sich ab und sucht nach etwas. Den Colt, den sie beim Sturz verloren hat. Sie findet ihn. Erlöst erst ihr Pferd und dann den Apachen. Das Echo der Schüsse rollt über die Landschaft.

„Machen wir, dass wir wegkommen", sagt Rondo. „Ich schätze, die drei gehören zu Chatos Bande. Die anderen sind wahrscheinlich nicht weit entfernt. Was tust du allein hier draußen?"

„Ich war in Fort Bowie. Etwas erledigen."

„Lebst du in der Nähe?"

„Auf einer Ranch. Ein paar Meilen südöstlich von hier."

Pearl als Rancherin? Rondo hat Probleme, sich das vorzustellen. Aber wer weiß. Menschen ändern sich. Manche jedenfalls. Vielleicht ist sie jetzt eine treu sorgende Ehefrau und Mutter.

„Ich werde dich hinbringen."

„Danke." Sie mustert ihn. „Und du?"

„Ich war auf dem Weg nach Tombstone."

„Das würde ich mir an deiner Stelle noch mal überlegen. Die Earps haben sich in der Stadt niedergelassen."

„Wyatt?"

„Und seine Brüder. Virgil, Morgan und James. Virgil ist Deputy Marshal."

Rondo hat schon ein paarmal mit den Earps zu tun gehabt, und man kann nicht gerade behaupten, dass sie Freunde sind. Dass Virgil jetzt auch noch Marshal ist, verkompliziert die Sache zusätzlich. Rondo hatte geplant, bei einer der Minengesellschaften im aufblühenden Tombstone als Sicherheitsmann anzuheuern, bevor er sich im Herbst auf den Weg nach Denver macht. Ein Arzt in Texas hat ihm gesagt, dass es dort einen Chirurgen geben soll, der vielleicht in der Lage ist, die Kugel zu entfernen, die seit dem Frühjahr in seinem Schädel steckt.

„Du hast dir einen Namen gemacht", sagt Pearl, während sie nebeneinander zum Appaloosa gehen.

„War nie meine Absicht."

Sie bleibt stehen. „Ich bin keine Rancherin."

Also doch nicht treu sorgende Ehefrau und Mutter, denkt Rondo.

Sie sieht ihm in die Augen. Sie ist eine schöne Frau. Heute wie damals. Wenn Pearl auf der Bühne stand und tanzte, hatte sie jeden Kerl in ihren Bann gezogen und den ganzen Laden regelrecht hypnotisiert. Mehr als jede andere Tänzerin. Mehr als jede Prostituierte.

Er denkt an ihre gemeinsamen Nächte, damals in Austin. Sie hatte im Buckhorn Saloon getanzt, während er mit einer Schrotflinte im Schoß auf einem Hochstuhl saß und dafür sorgte, dass die Gäste sich nicht danebenbenahmen. Und natürlich auch, dass niemand auf die Bühne kletterte und den Tänzerinnen an die Wäsche ging, wozu sich hin und wieder ein Betrunkener berufen fühlte.

„Du hast mir das Leben gerettet", sagt sie.

„Ich hatte nichts anderes zu tun."

„Dafür bin ich dir etwas schuldig."

Wieder denkt er an ihre gemeinsamen Nächte, aber er hat das Gefühl, dass sie etwas anderes meint.

„Auf der Ranch warten ein paar Männer. Ich habe sie angeheuert, um mit ihnen in die Chiricahuaberge zu reiten."

„In die Chiricahuas? Ziemlich riskant. Dieser Chato hat es drauf abgesehen, jeden Weißen zu töten, den er in die Finger bekommt, heißt es."

Nicht, dass er ihr das, nach dem was passiert ist, erklären müsste.

„Es sind Männer, die sich zu wehren wissen. Deswegen habe ich sie ausgesucht."

Langsam ist er gespannt, wohin das Gespräch führt.

„Kennst du den Namen Marvin Sturges?", fragt sie.

„Hab von ihm gehört. Er hat letztes Jahr einen Geldtransport der Army überfallen. Wurde nie erwischt. Nur einer seiner Komplizen. Sitzt in Yuma, soweit ich weiß. Sturges und die Beute sind verschwunden."

„Soldaten aus Fort Bowie haben im Frühjahr seine Leiche gefunden. Wahrscheinlich haben die Apachen Sturges in die Finger gekriegt."

„Und die Beute?", fragt Rondo, der plötzlich eine Ahnung hat, worum es geht.

„Bei der Leiche war eine selbstgezeichnete Karte. Sie führt zum Versteck des gestohlenen Geldes."

„Und woher weißt du das alles?"

„Ich habe bis Mai im Crystal Palace in Tombstone getanzt. Da habe ich Lieutenant Tyreen, einen Offizier aus Fort Bowie, kennengelernt. Er hat mir davon erzählt."

Sicher nicht einfach so, denkt Rondo, aber er weiß natürlich, was Pearl mit *kennengelernt* meint. Sie kann jeden Kerl um den Finger wickeln, da ist dieser Offizier ganz bestimmt keine Ausnahme.

„Tyreens Dienstzeit endet im Oktober. Anschließend will er nach dem Geld suchen. Er meint, die Armee sei ihm mehr für seine Dienste schuldig, als sie ihm bezahlen kann."

Damit ist Rondo alles klar. „Das Geld liegt in den Chiricahuas. Und du willst danach suchen. Mit der Karte, die du dem Lieutenant abgeluchst hast."

Sie lächelt. „Deswegen war ich letzte Nacht in Fort Bowie. Mit etwas Glück merkt Tyreen erst in zwei Monaten, dass Sturges' Karte nicht mehr da ist, wo er sie versteckt hat. Bis dahin haben wir das Geld und sind weit, weit weg. Ich kann jemanden wie dich gebrauchen, Rondo. Eine Waffe mehr, die uns die Apachen vom Leib hält."

„Ich nehme an, die Karte ist in den Satteltaschen?", fragt Rondo.

„Ja ..."

Er sieht, wie sich ihr Körper versteift. Angst flackert in ihren Pupillen. Wahrscheinlich, weil ihr bewusst wird, dass sie sich gerade einem Mann anvertraut hat, der inzwischen einen Ruf als eiskalter Killer genießt. Einem Mann, dem ihre gemeinsame Vergangenheit möglicherweise nichts mehr bedeutet. Einem Mann, der sie jetzt einfach erschießen könnte, um sich die Beute von Marvin Sturges allein zu holen.

„Ich bin dabei", sagt Rondo. Tombstone und die Earps sind vergessen. Das Schicksal hat ihm einen anderen Weg eröffnet, an Geld zu kommen.

Pearl lächelt erleichtert.

Rondo zeigt zum Himmel, an dem immer mehr Aasfresser ihre Kreise ziehen, und darauf warten, dass die Lebenden ihnen endlich Platz machen, damit sie sich den Toten widmen können. „Verschwinden wir. Wenn Chatos Leute die Schüsse nicht gehört haben, locken die Geier sie an."

Auf dem Ritt schweigen sie die meiste Zeit. Nur einmal sagt Pearl: „Ich habe dich vermisst, als du damals plötzlich weg warst."

„Ich wäre gern geblieben", erwidert Rondo. „Aber sie wollten mich lynchen."

Die Sonne steht tief, die Kakteen und Mesquitebäume werfen lange Schatten, als Pearl vom Rücken des Apachen-Ponys, das sie reitet, auf ein flaches Holzgebäude zeigt, das sich zusammen mit einem Stall und mehreren Corrals an den Fuß einer Felsformation aus rotem Gestein schmiegt. „Wir sind da."

6

„Du kannst nicht einfach jemanden anschleppen und unseren Anteil kürzen."

Der Mann namens Yuma Madigan nimmt seinen finsteren Blick nicht von Rondo, während er spricht. Er lehnt am Kamin, in dem ein Feuer knistert.

„Doch, Yuma, das kann ich. Und das habe ich."

„Und wenn's mir nicht gefällt?" Er sieht zu Pearl, die am Tisch sitzt, eine Blechtasse zwischen den Händen.

„Dann ist das dein Problem." Sie hält seinem Blick stand. Das lange Haar ist wieder hochgesteckt. Ihr Gesicht und ihre Kleidung sind noch staubbedeckt vom Ritt. Ihre Wange angeschwollen, da, wo die Hand des Apachen sie getroffen hat.

Abgesehen von seinem dichten Bart, könnte Yuma auf den ersten Blick selbst als Apache durchgehen. Er hat sich ein breites Tuch um die langen Haare gebunden, seine Hose ist aus gegerbtem Leder und seine Füße stecken in denselben kniehohen Mokassins, wie sie die Apachen tragen. Im Holster quer vor seinem Bauch steckt ein Revolver.

„Was sagt ihr dazu?", fragt er die drei anderen Männer am Tisch.

„Pearl hat uns angeheuert. Sie entscheidet", sagt Buck Masters und trinkt von seinem Kaffee. Der Blick seiner grauen Augen trifft sich über den Rand der Tasse hinweg mit dem von Rondo, der ihm gegenübersitzt.

Rondo hat von Masters gehört. Er war Sheriff in mehreren Rinderstädten und bekannt für sein Durchsetzungsvermögen. Aber auch für seinen schnellen Griff zur Waffe. Und dafür, dass er zu viel trinkt. Eine Kombination, die ihn den Job in Abilene kostete, nachdem er drei Cowboys und eine unbeteiligte Passantin erschoss, beim Versuch, die betrunkenen Viehtreiber zur Räson zu bringen. So viel harte Hand war den Stadtvätern dann doch zu viel.

Die Parker-Zwillinge zucken fast zeitgleich mit den Schultern. Die beiden jungen Männer wirken wie schlichte Bauerntölpel. Blondes Haar, spärlicher Bartwuchs, plumpe, zerschlissene Kleidung. Aber in ihren Augen ist eine Verschlagenheit, die Rondo warnt, sie nicht zu unterschätzen.

„Wir können jeden Colt gebrauchen, solange Chato sein Unwesen treibt", sagt Pearl. „Und Rondo weiß, mit seinem umzugehen."

Pop Brennan humpelt durch die niedrige Tür und stellt zwei Pfannen ab, in denen saftige Steaks brutzeln. Einer der beiden jungen Mexikaner, die für ihn arbeiten, bringt einen Korb mit selbst gebackenem Brot. Beides riecht verdammt gut.

Der Mexikaner verlässt das Zimmer und Pop setzt sich zu ihnen an den Tisch. „Haut rein, Leute."

Yuma sieht nicht glücklich darüber aus, dass ihm niemand zur Seite steht. Er stößt sich vom Kamin ab und nimmt mit grimmiger Miene Platz.

Sie fangen an zu essen. Keiner hier legt Wert auf ein Tischgebet. Das Fleisch ist saftig und gut gewürzt. Rondo schlingt es hungrig hinunter. Dazu trinken sie Wasser und billigen Whiskey.

„Ich habe von dir gehört, Rondo", sagt Pop und beißt mit seinen schlechten Zähnen in ein fetttriefendes Stück Fleisch.

„Ich hoffe, nur Gutes."

„Zumindest, dass du gut drin bist, Leuten das Licht auszublasen." Der Alte stößt ein meckerndes Lachen aus und spült das Fleisch mit einem Schluck Whiskey runter. „Also bist du genau richtig in der Truppe."

Scheint, als hätte auch er kein Problem damit, dass Rondo zu ihnen gestoßen ist. Von Pearl weiß Rondo, dass der Alte sie nicht begleiten wird. Aber er versorgt sie mit Pferden, Maultieren und Proviant.

Pearl hat ihm erzählt, dass Pop Brennan in Kansas Banken und sogar Züge überfallen hat, bevor er nach Arizona kam. Jetzt züchtet er Pferde und verkauft sie an die Armee. Das Hinken hat er einem beim Sturz vom Pferd gebrochenen Bein zu verdanken. Oder der Kugel eines Pinkerton Agenten. Die Geschichte variiert wohl je nach Pops Alkoholpegel.

Woher Pearl den ehemaligen Bankräuber und die anderen kennt, hat sie Rondo allerdings nicht gesagt.

Die milchgesichtigen Zwillinge passen am wenigsten zu der Gruppe von Männern. Aber Pearl wird sich schon etwas dabei gedacht haben, sie einzubeziehen.

Sie beenden schweigend ihre Mahlzeit. Der Aufbruch ist für das erste Tageslicht geplant, und Pearl wünscht den Männern eine gute Nacht.

Das Haus hat neben dem Wohnraum noch eine Küche und zwei weitere Zimmer. In einem schläft Pop, das andere hat er Pearl überlassen. Die Übrigen schlafen, wie die beiden Mexikaner, im Stall.

Rondo bevorzugt das Freie. Er sucht sich einen Platz in der Nähe des Corrals, in dem der Appaloosa mit den restlichen Pferden untergebracht ist. Er breitet seine Decken am Boden aus, die Satteltaschen dienen als Kopfkissen.

Aus dem Stall erklingt Gelächter. Der Geruch von Tabak schwebt ihm unter die Nase. Die Glut einer Zigarette leuchtet in der Nacht, dann schält sich Buck Masters' Gestalt aus der Dunkelheit. „Ich glaube, die Maultiere vom alten Brennan haben mehr Grips als die beiden Schwachköpfe." Er meint die Zwillinge, die sich hinter der offenen Stalltür am Boden raufen wie kleine Kinder.

„Was wissen Sie über sie?"

Masters schüttelt den Kopf. „Pearl hat nichts erzählt. Ehrlich gesagt über niemanden."

Rondo vermutet, dass Masters trotzdem weiß, wer er ist. So wie Rondo die Geschichten kennt, die übers Masters erzählt werden. Die Namen der Männer im Westen, die mit oder von der Waffe leben, sprechen sich herum. Genau wie die angeblichen Morde, die sie begangen haben, die Schießereien und Konflikte, in die sie verwickelt gewesen sein sollen. Natürlich kann man nicht alles, was in Saloons und an Lagerfeuern die Runde macht, für bare Münze nehmen. Hinter vielen legendären Namen steckt eine krude Mischung aus Fakten und Fantasie. Ein Kern Wahrheit befindet sich hinter allen. Nur welche Wahrheit das genau ist, muss man selbst herausfinden.

„Sie kennen Pearl von früher?", fragt Masters.

„Lange her. Und Sie?"

„Pearl hat in einem Casino in Abilene als Croupier gearbeitet, als ich dort Sheriff war. Wir haben uns im Frühjahr in Tombstone wiedergetroffen."

Ein Lächeln kräuselt Rondos Mundwinkel. Wahrscheinlich hat Pearl jeden der Männer auf Pop Brennans Ranch in einem Saloon oder einem Casino kennengelernt.

Masters zieht eine kleine Flasche mit goldbrauner Flüssigkeit aus seiner Jackentasche und nimmt einen Schluck. Er bietet Rondo die Flasche an.

Der scharfe Geruch des Alkohols steigt Rondo in die Nase. Er schüttelt den Kopf.

Masters trinkt noch einmal, dann lässt er die Flasche wieder in seiner Jacke verschwinden.

„Glauben Sie, wir finden das Geld?"

„Ich weiß es nicht."

Masters streicht sich über den buschigen, grau melierten Schnauzbart. „Ich auch nicht. Aber einen Versuch ist es wohl wert. Schätze, es hängt davon ab, wie gut die Karte ist, die Pearl hat. Und von den Apachen."

Rondo nickt bloß.

Vielleicht hat Masters auf einen besseren Gesprächspartner gehofft, vielleicht ist er auch einfach müde. „Ich haue mich aufs Ohr. Bis morgen früh."

Rondo sieht dem ehemaligen Gesetzeshüter nach, wie er zum Stall geht und darin verschwindet. Von den Zwillingen ist nichts mehr zu hören oder zu sehen.

Rondo streicht über die weiche Nase des Appaloosas, der ihm seine Schnauze durch die Balken des Corrals entgegenstreckt. Das Tier schnaubt. Spitzt die Ohren, als der Nachtwind ein leises Stöhnen zu ihnen herüberträgt.

In einem der beiden Fenster hinter dem Corral flackert eine Petroleumlampe. In deren warmen Licht kniet Pearl auf allen vieren auf einem Bett. Sie ist nackt. Yuma erscheint hinter ihr. Er trägt nicht mehr als das Stirnband um seinen Kopf. Seine Hand zieht Pearls blonde Mähne grob nach hinten. Ihr Körper spannt sich, ihre Brüste recken sich nach vorn. Yuma lässt eine Handfläche auf ihren Hintern klatschen. Sie stöhnt lauter.

Jedenfalls weiß Rondo jetzt, wie gut sie Yuma kennt.

7

Cocta Neal erwachte, weil er etwas auf seiner Brust spürte.

Er blinzelte schläfrig – und sprang hektisch von der schmalen Pritsche. Er fegte die Tarantel mit der Hand von seiner Brust. Fluchend zermalmte er das Vieh mit dem Absatz seines Schnürstiefels. Zum Glück war er gestern Abend, erschöpft vom stundenlangem Steine zertrümmern in brütender Hitze, einfach ins Bett gefallen und hatte vergessen, sie auszuziehen.

Draußen im Gang zwischen den Zellen erklang Gelächter.

Spencer, dieser Drecksack.

„Wenn ich mit dir fertig bin, bleibt nur ein Fettfleck übrig", rief Cocta.

Spencers Lachen wurde noch lauter. Giftiges Getier durch die Gitterstäbe zu werfen, gehörte zu seinen sadistischen Freuden. Vor drei Monaten war es eine Klapperschlange gewesen, die Chico Gonzales ins Gesicht biss, als er, so wie Cocta an diesem Morgen, mit dem Reptil im Bett erwachte. Chico hatte es nicht überlebt.

Spencers tödliche Späße waren kein Geheimnis im Yuma Territorial Prison. Jeder wusste davon. Nicht nur die Häftlinge. Auch die anderen Wärter. Und Direktor Meeden. Aber das Schwein ließ Spencer gewähren.

Auf der gegenüberliegenden Pritsche richtete sich Buckskin

Frank auf. Frank war hier, weil er den Liebhaber seiner Frau erschossen hatte. Und dann, nachdem er kurz drüber nachgedacht hatte, auch seine Frau. Er gähnte. „Ist was passiert?"

„Spencer, der Hurensohn!"

Buckskin Frank kapierte. Er schüttelte den Kopf. „Der Teufel soll ihn holen."

„Nicht der Teufel", erwiderte Cocta. „Das übernehme ich selbst."

Weder Frank noch Cocta ahnten, wie schnell er die Gelegenheit dazu bekommen würde.

Beim Frühstück in der Messehalle, deren Fraß für einen Knast gar nicht mal übel war, schob sich Spencers fetter Wanst, der die Knöpfe seiner Uniform fast sprengte, vor Coctas Nase. „Hol dir eine Karre. Du findest mich bei den Tuberkulose-Zellen. Jemand ist verreckt."

Kurz darauf zerrte Cocta die Leiche eines in der Nacht an Tuberkulose verstorbenen Indianers auf die Plattform der zweirädrigen Holzkarre. Der Friedhof lag außerhalb der hohen Adobemauern, die das Gefängnis wie eine mittelalterliche Festung erscheinen ließen.

Die Sonne brannte bereits siedend heiß vom Himmel, während Cocta mit einer Schaufel das Grab aushob. Schweiß strömte über seinen Körper.

Spencer schwitze auch, obwohl er mit seinem fetten Arsch auf der Holzkarre saß, das Gewehr auf den Schenkeln. Er wedelte genervt die Fliegen weg, die in Scharen über der Leiche hinter ihm kreisten. „Halt dich ran, ich will hier nicht den ganzen Tag hocken."

Seit Wochen grübelte Cocta darüber nach, wie er ausbrechen konnte. Nicht erst, seit er wusste, dass Marvin Sturges tot ist. Aber seitdem ganz besonders.

Sie hatten sich nach dem Überfall auf den Geldtransport trennen müssen, bevor sie die Beute aufteilen konnten. Leider wurde Cocta erwischt.

Niemand kannte die Identität von Ernie und Walon und niemand wusste, dass sie am Überfall beteiligt gewesen waren. Deswegen konnte Walon ihn auch im Juli problemlos hier in Yuma besuchen.

Er erzählte Cocta, dass eine Patrouille aus Fort Bowie auf die Überreste von Sturges' Leiche gestoßen war. Von einem Soldaten, der dabei gewesen war, hatte Walon bei einem Pokerspiel erfahren, dass der befehlshabende Offizier, ein Lieutenant Tyreen, eine Karte bei der Leiche gefunden hatte.

Walon und Ernie war sofort klar, dass diese Karte etwas mit der Beute des Überfalls zu tun haben musste. Sie hatten sich wochenlang in der Nähe von Fort Bowie herumgetrieben. Aber keine Patrouille war in die Chiricahuas aufgebrochen, um nach dem Geld zu suchen. Dabei musste diesem Lieutenant Tyreen doch klar sein, dass die Karte ihn mit großer Wahrscheinlichkeit zu den gestohlenen Lohngeldern führen würde.

Hatte der Kerl die Existenz der Karte geheim gehalten? Mit der Absicht, das Geld selbst einzusacken? Für Cocta roch es ganz danach. Wahrscheinlich wartete der Offizier, bis sich die Situation mit den Apachen beruhigt hatte.

„Wir brauchen die Karte", sagte Cocta bei Walons Besuch. Walon stimmte zu. Aber weder er noch Ernie besaßen den Mumm oder den Grips, das allein anzugehen. Und das war auch gut so, fand Cocta. Leider hatten die beiden genauso wenig den Mumm oder den Grips, ihn aus dem Gefängnis zu holen. Sie lungerten in Yuma herum und hofften darauf, dass Cocta es allein schaffte.

Die Chancen standen allerdings nicht besonders gut. Über die Adobemauern zu klettern, war schier unmöglich. Es gab vier Wachtürme mit bewaffneten Wärtern. Am Haupteingang einen fünften Wachturm mit einem Lowell-Maschinengewehr. Den letzten, der versucht hatte, abzuhauen, einen Pferdedieb, hatten sie im Frühjahr mit Kugeln durchsiebt.

Bisher war niemandem die Flucht aus Yuma gelungen. Nicht lebend. Daran dachte Cocta, als er das Grab für den verstorbenen Indianer aushob. Und daran, dass er so schnell wahrscheinlich nicht wieder die Gelegenheit bekam, außerhalb der Adobemauern zu gelangen.

Jetzt oder nie, dachte er.

Cocta machte einen Satz nach hinten und stieß einen Schrei aus. „Ein Schlange!"

Spencer hob den Kopf. „Was?"

„Hier ist eine verdammte Klapperschlange in der Grube. Komm her und knall sie ab!"

Ein Grinsen breitete sich in Spencers schwitziger Visage aus. „Hör auf zu zappeln, sonst beißt sie, und ich muss dich gleich mitbeerdigen." Der Wärter stemmte schnaufend sein Übergewicht von der Karre und spannte den Hahn des Springfield-Karabiners. Als er gemächlich zur Grube schlurfte, klammerten sich Coctas Hände fester um den Griff der Schaufel.

„Na, wo ist sie denn–?"

Cocta schwang die Schaufel mit aller Wucht. Die Kante des Schaufelblattes verfehlte zwar Spencers Bein, aber der hölzerne Stiel tat auch seine Wirkung. Cocta hörte etwas knacken und es war nicht der Schaufelstiel.

Spencer brach mit einem Schrei in die Knie.

Cocta stemmte seinen Oberkörper aus der Grube und sprang auf die Beine. Sein Stiefeltritt erwischte den Wärter im Gesicht.

Spencer kippte auf die Seite und ließ das Gewehr fallen. Als er sich stöhnend auf den Rücken rollte, stand Cocta bereits mit der Schaufel in beiden Händen über ihm.

Diesmal verfehlte die scharfe Kante des Schaufelblatts ihr Ziel nicht. Sie spaltete Spencers Schädel von der Stirn bis zur Nase.

Cocta schnaufte, sein Herz hämmerte, Schweiß tropfte von seinem Gesicht. Er wollte Spencer ausziehen und seine Leiche in das ausgehobene Grab rollen. Den toten Indianer dann obendrauf. Die Uniform der fetten Sau würde ihm viel zu groß sein, aber besser als gar nichts. Mit etwas Glück konnte er auf diese Weise einfach davonspazieren, Richtung Yuma.

Er öffnete gerade die ersten Knöpfe von Spencers Jacke, als der andere Wärter den Friedhof betrat. Der Mann sah Cocta über Spencer gebeugt und hielt abrupt an. Sicher auch wegen der Schaufel, die im Schädel seines Kollegen steckte. Er trug kein Gewehr bei sich, aber eine Pistole am Gürtel.

Cocta hatte die Springfield an der Schulter, bevor der Wärter die Waffe aus dem Holster reißen konnte. Der Schuss rollte über den Friedhof. Der Wärter sackte zusammen.

Die Uniform konnte Cocta jetzt vergessen. Er rannte los. Der verletzte Wärter versuchte, sich wieder aufzurichten. Cocta schoss ihm aus nächster Nähe in die Brust.

Der Friedhof lag zwar außerhalb der Adobemauern, aber westlich davon fiel das Gelände steil ab. Nichts, woran man sich festhalten konnte. Er würde sich das Genick brechen.

Auf der Straße näherten sich mehrere Reiter und eine Kutsche, wahrscheinlich mit neuen Gefangenen.

Jemand anderes hätte in diesem Moment vielleicht aufgegeben, aber Cocta dachte nicht daran.

Es gab nur einen Ausweg. Den Nordrand der Klippe. Darunter die reißenden Gewässer des Colorado River.

Schüsse fielen. Wahrscheinlich hatte die Wache am Haupteingang ihn entdeckt. Nur eine Frage von Sekunden, bevor es auch der Mann am Lowell-Maschinengewehr im Hauptwachturm tun und ihn mit tausend Schuss pro Minute in Stücke schießen würde.

Cocta sah nur nach vorn, nicht zurück.

Als er am Haus des Direktors vorbeirannte, traten Meeden und zwei Männer auf die Veranda. Sie sahen ihn, aber er trieb sie mit ungezielten Schüssen zurück ins Haus.

Dann war er hinter dem Gebäude und außer Sicht des Hauptwachturms. Er stoppte keuchend am Rand der Klippe. Fünfzig Meter tiefer: das wild gurgelnde Wasser des Colorado.

Er warf das Gewehr weg. Er brauchte beide Hände zum Klettern. Er hatte die Hälfte des Abstiegs hinter sich gebracht, Finger und Knie blutig, als er die lauten Stimmen seiner Verfolger über sich hörte. Keine Lücke im Fels, in der er sich vor ihnen hätte verkriechen können.

Schüsse krachten. Gesteinssplitter flogen. Ein heftiger Schlag im Nacken. Er verlor den Halt und stürzte. Prallte zweimal auf den Fels, verlor jede Orientierung, dann verschluckte ihn der Fluss.

Die Strömung riss ihn mit.

Als sein Kopf die Wasseroberfläche durchbrach, lag das Gefängnis bereits hinter ihm. Er sah die Gestalten am Rand der Klippe und fragte sich, ob sie ihn auch sehen konnten. Er berührte seinen Nacken. Blut und Schmerz, aber es fühlte sich an, als hätte ihn das Geschoss nur gestreift.

Dann erst wurde ihm bewusst, dass er es geschafft hatte.

Er war frei.

Cocta ließ sich, so lange er die Kraft hatte, vom Fluss mitreißen. Irgendwann begann er schräg gegen die Strömung zu schwimmen, um das Ufer zu erreichen. Vollkommen erschöpft schleppte er sich zwischen die Felsen der steilen Böschung und blieb liegen.

Er musste eingeschlafen sein, denn als er die Augen wieder öffnete, ging bereits die Sonne unter. Er kroch auf allen vieren die Böschung hinauf. Er wusste nicht, wo er war, aber er wusste, was er brauchte. Ein Pferd. Eine Waffe. Etwas zu essen.

Selbst wenn sie im Gefängnis glaubten, er wäre ertrunken, würden sie mit großer Wahrscheinlichkeit das Ufer nach seiner Leiche absuchen.

Noch während er das dachte, hörte er Hufgetrappel.

Sah zwei Reiter, die, von der untergehenden Sonne angestrahlt, in seine Richtung kamen. Er wollte zurück zwischen die Felsen der Böschung, um sich zu verstecken, aber sie hatten ihn bereits entdeckt. Er war zu schwach, um sich wieder in den Fluss zu stürzen.

Es war vorbei.

Cocta hob die Arme.

„Ich wusste, dass der Teufelskerl nicht tot ist", sagte eine Stimme, die ihm bekannt vor kam.

Die Reiter zügelten ihre Pferde.

Ernies Zahnlücke lächelte auf ihn herab. „Als wir die Schüsse im Gefängnis gehört haben, wussten wir, das kann nur Cocta sein."

Er starrte Ernie und Walon ungläubig an. Bemerkte erst dabei das gesattelte, dritte Pferd.

„Kannst du reiten?", fragte Walon.

„Worauf du einen lassen kannst" erwiderte Cocta.

Das alles war vor einer Woche fünfhundert Meilen weiter westlich geschehen.

Jetzt hocken sie auf einer Anhöhe, zwischen Mesquitebüschen versteckt, und beobachten im morgendlichen Zwielicht die Ranch von Pop Brennan.

Cocta muss Ernie und Walon zugestehen, dass sie cleverer

sind, als er vermutet hatte. Sie wussten bereits, dass Lieutenant Tyreen ein Verhältnis mit einer Tänzerin aus Tombstone begonnen hatte. Pearl Buchanan. Aber der Offizier wusste im Gegensatz zu Ernie und Walon nicht, dass sie ihn mit einem zwielichtigen Typen namens Yuma Madigan betrog. Ernie war einem Bauchgefühl gefolgt und hatte die beiden eines Nachts belauscht, als sie nach einer harten Nummer in Pearls Bett in einem Hinterzimmer des Crystal Palace lagen. Er hatte gehört, wie sie planten, Tyreen die Karte von Marvin Sturges zu stehlen, um sich die Beute vom Überfall auf den Geldtransport zu holen. Das war vor ein paar Wochen gewesen.

Jetzt beobachten sie, wie Pearl, Yuma Madigan, die Zwillinge, die mit ihm in Tombstone waren, und zwei andere Männer ihre Pferde satteln. Nachdem sie sich vom alten Brennan verabschiedet haben, bricht die Gruppe mit drei Maultieren Richtung Süden auf.

Cocta schiebt sich die Reste eines Zwiebacks in den Mund.

„Es geht los, Jungs."

8

Als Rondo erwacht, ist es noch dunkel. Und wie so oft, seit ihm im Frühjahr ein Rancher namens Tottenham in Brinkwater, Texas, in den Kopf geschossen hat, wird er im ersten Moment von Panik erfasst.

Ist er blind?

Diesmal vielleicht für immer?

Die Kugel aus Tottenhams Derringer steckt noch in Rondos Schädel. Doc Hawley, der, wie so viele andere, bei den Ereignissen in Brinkwater sein Leben ließ, hatte ihm erklärt, dass die Kugel wahrscheinlich auf seinen Sehnerv drückt, wenn er das Augenlicht verliert.

Das kann jederzeit geschehen. Möglich ist allerdings auch, dass das Geschoss eine Hirnblutung auslöst und ihn tot umfallen lässt. Oder in einen sabbernden Idioten verwandelt.

Obwohl Rondo seit dem Tag, an dem er Tottenham und eine Menge anderer tötete, nie wieder das Augenlicht verloren hat, nicht mal für ein paar Sekunden, bleibt die Furcht davor sein ständiger Begleiter.

So wie heute Morgen. Erst, als er nach ein paar Sekunden die Sterne über sich funkeln sieht, wird ihm erleichtert klar, dass es noch dunkel ist. Aber sein Herz rast und er kann nicht wieder einschlafen. Er hat sich bereits Kaffee über einem kleinen Feuer gekocht, als die anderen erwachen.

Während des ausgiebigen Frühstücks im Haus von Pop

Brennan zeigt Pearl den versammelten Männern die Karte. „Das ist der Weg zum Geld", sagt sie und hält die Karte dann vor ihren Augen über eine Kerze und lässt sie verbrennen. Sie tippt sich mit einem Finger an die Stirn. „Jetzt ist sie nur noch hier oben. Ihr solltet also alle gut auf mich aufpassen."

Danach brechen sie auf.

Rondo hat den Appaloosa auf der Ranch zurückgelassen und wie die anderen einen der Mustangs genommen, die Pop Brennan ihnen zur Verfügung stellt. Genauso wie die drei Maultiere, die Munition und Lebensmittel transportieren und auf dem Rückweg hoffentlich auch das Geld aus dem Überfall von Marvin Sturges.

Sie sind seit mehreren Stunden unterwegs. Östlich von ihnen recken sich die Umrisse der Chiricahuas in den Horizont, im Westen die Dragoon Mountains.

Große, bauschige Wolken ziehen wie Büffel über den ansonsten tiefblauen Himmel. Um sie herum die trockene Wüstenlandschaft; Büsche, Kakteen und Gestein.

Zwei Männer geben etwa hundert Meter links und rechts vom Rest der Gruppe entfernt Flankenschutz. Im Augenblick reitet Yuma Madigan auf der östlichen Seite und Oli Parker auf der westlichen.

Rondo blickt über die Schulter. Hinter ihm führt Olis Bruder Ken die Maultiere. Buck Masters bildet den Schluss und nimmt gerade wieder einen Schluck aus der kleinen Flasche, die er Rondo gestern Abend angeboten hat. So geht das schon, seit sie aufgebrochen sind. Andere Männer wären wahrscheinlich längst sternhagelvoll aus dem Sattel gekippt, aber Masters ist nichts anzumerken.

Pearl, die an der Spitze reitet, lässt sich zu Rondo zurückfallen. Sie hat bemerkt, dass er Masters beobachtet hat. „Er hat schon getrunken, als ich ihn kennengelernt habe. Aber es ist schlimmer geworden. Ich glaube, die Sache mit der Frau in Abilene macht ihm zu schaffen."

„Ich frage mich, wie treffsicher er noch ist, falls die Apachen auftauchen."

„Das frage ich mich auch. Aber wenigstens kann ich ihm vertrauen."

„Den anderen auch?"

„Ich schlafe zwar mit Yuma, aber ehrlich gesagt, bin ich mir bei ihm nicht sicher. Ich weiß nicht viel über ihn. Nur, dass er für die Armee Pferde zugeritten hat." Sie lächelt. „Und das er von mir nicht genug kriegen kann."

„Was ist mit den Zwillingen?"

Sie zuckt mit den Schultern. „Die hat Yuma mitgebracht."

„Du gehst ein ziemliches Risiko ein."

„Allein das Geld zu holen, wäre ein noch viel größeres Risiko. Ich muss an meine Zukunft denken. Irgendwann wollen die Kerle mich nicht mehr tanzen sehen. Was ist mit dir? Kann ich dir vertrauen?"

„Ich will nur meinen Anteil, mehr nicht." Unter anderen Umständen hätte er darauf verzichtet, hier draußen seinen Skalp zu riskieren. Er hatte sich in Brinkwater zwar die Kugel im Kopf gefangen, aber eigentlich auch genügend Geld gemacht, um den Arzt in Denver zu bezahlen, damit der sie herausholt.

Hätte er sich nicht in einem Bordell in einem kleinen Drecksnest am Brazos ausrauben lassen.

Eine Hure namens Natty hatte ihm irgendetwas in den Whiskey gemixt. Am nächsten Morgen war er mit schwerem Schädel und zweitausend Dollar ärmer erwacht. Natty war verschwunden. Bevor er sie verfolgen konnte, tauchten Texas Rangers auf und er suchte vorsichtshalber das Weite. Als er ein paar Tage später versuchte, Nattys Spur wiederaufzunehmen, musste er sich eingestehen, dass diese so kalt wie eine Leiche war. Er ließ Texas hinter sich und machte sich auf den Weg nach Arizona.

Eine Weile reiten Rondo und Pearl schweigend nebeneinander.

„Was hast du all die Jahre gemacht?", fragt sie schließlich. „Ich meine, ich habe das ein oder andere über dich gehört, aber–"

„Genau das und nichts anderes."

„Keine Familie?"

„Nein."

„Ich war verheiratet. Mit einem professionellen Spieler. Brett war gut. Zu gut. Ein Minenarbeiter in New Mexico hat ihn des Falschspiels verdächtigt und erschossen."

„Das tut mir leid.“

„Mir auch. Brett war ein guter Ehemann. Wir hätten uns etwas aufbauen können.“ Sie nimmt den breitkrempigen Strohhut vom Kopf und wischt sich den Schweiß von der Stirn, dann setzt sie den Hut wieder auf. „Damals in Austin hätte ich dich geheiratet, wenn du mich gefragt hättest.“

„Ich wäre kein guter Ehemann geworden, Pearl.“

„Vielleicht hätte ich einen aus dir gemacht.“

Rondo vermutet, dass sie sich etwas vormacht. Nicht nur, was ihn betrifft, sondern auch sich selbst.

„Ich löse Yuma ab.“ Er zieht sein Pferd, einen schwarzen Mustang, nach links, und trabt rüber zu Yuma Madigan, der ihm, eine doppelläufige Schrotflinte quer über dem Sattel, entgegensieht.

„Ich übernehme“, sagt Rondo, als er den Mustang neben Yuma zügelt.

Yuma kehrt nicht sofort zu den anderen zurück. Stattdessen funkelt er Rondo drohend an. „Pearl gehört jetzt mir, ist das klar?“

„Weiß sie davon?“

„Ich mein’s ernst.“

Die Narbe an Rondos Schläfe juckt und er kratzt sich. „Ich bin nur wegen des Geldes hier.“

Yumas Augen liegen noch einen Moment auf ihm, dann schlägt er seinem Pinto die Hacken in die Flanken.

Rondo sieht ihm nach, als er zurück an Pearls Seite reitet. Vor Yuma wird er auf der Hut sein müssen.

So wie vor den Apachen.

Und allen anderen in der Gruppe.

Pearl eingeschlossen.

9

Chato kennt die Ranch des alten Weißauges. Vor ein paar Wochen, als er und die anderen Krieger noch mit Victorio zusammen waren, wollte er sie bereits dem Erdboden gleichmachen. Victorio hatte es verboten. Angeblich hat der Weiße eine Apachen-Squaw gesund gepflegt, der kein Schamane helfen konnte.

Für Chato kein Grund, ihn zu verschonen. Die Weißen sind Hunde, denen man nicht trauen darf, ganz egal, was sie tun. Aber es stand ihm nicht zu, Victorio zu widersprechen. Er respektiert seinen Anführer.

Victorio hatte Chato vor neun Jahren aufgenommen. Damals, als Chato das, was von seinem Stamm, den Aravaipas, übrig geblieben war, verlassen hatte. Seitdem hat er mit den Mimbreños gelebt, gekämpft und sich immer wieder in Reservate pferchen lassen. Zuletzt in Ojo Caliente. Dort wollten die Weißen Victorio wegen Pferdediebstahls verhaften. Aber nur, um seine Macht über den Stamm zu brechen. Victorio, Chato und einige andere waren geflohen.

Seitdem führen sie Krieg gegen die Weißen, wo immer sie sie treffen. Als Victorio vor ein paar Wochen in die Tres-Castillos-Berge in Mexiko wollte, um sich dort vor der Armee zu verstecken und neue Kräfte zu sammeln, hatte Chato knapp zwei Dutzend Krieger überzeugt, sich ihm anzuschließen und zu bleiben.

Chato will sich nicht verstecken.

Er will sich nicht ausruhen.

Er will kämpfen und töten.

Seit Camp Grant vor neun Jahren brennt der Hass in ihm so heiß wie die Sonne vom Himmel des Südwestens.

Ausgehungert und von Krankheiten geplagt, hatten Chato und die letzten seines Stammes unter ihrem Häuptling Eskiminzin Zuflucht in Nähe des Forts gesucht.

Der dortige Kommandeur, Lieutenant Whitman, drängte sie, in das White Mountain Reservat zu ziehen.

Aber Eskiminzin weigerte sich. Der in der Nähe Camp Grants gelegene Aravaipa Canyon war ihr Land, nicht die White Mountains und die dortigen Apachen, mit denen sie nichts verband.

Whitman gab den Aravaipas Lebensmittel, im Gegenzug ernteten die Apachen Heu für die Soldaten. Für eine Weile schien alles gut, obwohl Chato und ein paar andere Krieger es hassten, sich mit den Weißen, die wie Heuschrecken über ihr Land herfielen, zu arrangieren.

Genauso hassten die Anglos und Mexikaner im nahe gelegenen Tucson das inoffizielle Indianerreservat, das Lieutenant Whitman unfreiwillig gegründet hatte. Eines Morgens, als außer Chato und einem Dutzend anderer Männer alle Krieger im Canyon auf der Jagd waren, fiel eine große Gruppe Anglos, Mexikaner und Papagos, die Erzfeinde der Apachen, über das Lager her.

Sie richteten ein Blutbad an. Schlachteten fast hundertfünfzig Aravaipas ab wie Vieh. Bis auf acht Krieger waren alle Opfer Frauen und Kinder. Darunter auch Chatos Mutter, seine Tanten, seine kleinen Nichten und die Frau, die er heiraten wollte.

Chato konnte sie nicht beschützen, weil ihn eine der ersten Kugeln am Kopf traf. Zwei Squaws zerrten seinen leblosen Körper mit sich, als sie flüchteten und retteten ihm so das Leben.

Der Soldat Whitman schwor Eskiminzin nach dem Massaker, dass er und seine Soldaten nichts von dem Angriff gewusst hätten. Tatsächlich kamen die Angreifer vor ein Gericht der

Weißen. Aber Chato war dabei, als sie nach nur zwanzig Minuten freigesprochen wurden und danach ganz Tucson mit den Mördern feierte.

Chato schwor sich, jeden Weißen, jeden Mexikaner und jeden Papago zu töten, der ihm über den Weg lief, egal ob Mann, Frau oder Kind.

Chato hat aufgehört zu zählen, wie viele seitdem durch seine Hand ihr Leben gelassen haben. Einer der Ersten war sein eigener Vater. Ein weißer Rancher, mit dem seine Mutter gelebt hatte, bevor sie zu den Aravaipas zurückkehrte. Eine Woche nach dem Freispruch der Mörder in Tucson ritt Chato auf die Ranch seines weißen Vaters. Der sagte ihm, wie leid ihm täte, was passiert war, und lud seinen Sohn zum Essen ein. Als Chato seinen Hunger gestillt hatte, tötete er seinen Vater mit einem Schuss in den Kopf. Dann dessen neue Frau, eine Mexikanerin, und seine beiden Halbschwestern, deren Schädel er mit einem Stein einschlug.

Heute werden das alte Weißauge und seine beiden Mexikaner sterben. Denn Victorio ist in Mexiko. Und die Spuren, die Chatos Männer heute früh bei den Leichen der drei Krieger gefunden haben, führen genau hierher. Zur Ranch des alten Mannes.

Doch es scheint, als wäre außer dem Weißauge und den beiden Mexikanern, die für ihn arbeiten, niemand mehr hier. Der Alte sitzt auf der schiefen Veranda, trinkt Wasser und beobachtet, wie die Mexikaner im Corral einen Mustang zureiten.

Chato weiß, dass sie die Pferde an die Soldaten in Fort Bowie verkaufen. Die Vaqueros tragen keine Waffen, ihre Revolvergurte hängen über dem Zaun des Corrals. Neben dem Weißauge lehnt eine Winchester an der Hauswand.

Chato dreht den Kopf zu Baishan, der neben ihm auf der warmen Erde liegt. Der ältere Krieger sieht ihn fragend an. Chato nickt. Baishan versteht. Sie kriechen rückwärts von der Anhöhe, dann richten sie sich auf. Dreizehn Männer warten am Fuß des Hügels auf sie. Die andere Hälfte der Krieger, die sich Chato angeschlossen hat, ist weiter südlich unterwegs. Unter der Führung von Lozen sollen sie die Ranches in der Nähe der Grenze plündern. Chato und Lozen haben sich in zwei Tagen an einer Wasserstelle in den Ausläufern der Chiricahuas verabredet.

Zwei Krieger bleiben bei den Pferden. Die anderen folgen Chato und Baishan. Sie umzingeln die Ranch und verschmelzen lautlos mit der Landschaft.

Das alte Weißauge bemerkt sie als Erster. Er hat die Bewegung eines Kriegers ausgemacht, der aus einer Senke in die Deckung eines Creosotebusches gehuscht ist.

Er streckt seine Hand nach dem Gewehr aus.

Chato lässt einen Pfeil von der Sehne seines Bogens und nagelt den Arm des Alten damit an die Hauswand.

Die Apachen verlassen ihre Deckung.

Schüsse fallen.

Der Mexikaner auf dem Pferd sackt in sich zusammen und stürzt. Der andere rennt zum Zaun mit den Pistolenholstern. Baishan erscheint wie ein Geist zwischen den Pferden. Er holt den Mexikaner ein und schlägt ihm seinen Tomahawk in den Nacken.

Als Chato auf die Veranda tritt, versucht der Alte verzweifelt, den Pfeil aus seinem Arm und der Hauswand zu ziehen. Sein Kopf fährt herum. Er sieht zu Chato auf. Todesangst flackert in seinen wässrigen Augen. „Ich bin ein Freund von Victorio–“

Chato tritt ihm so hart ins Gesicht, dass er das Bewusstsein verliert.

Während die Krieger das Haus plündern, sucht Chato nach Spuren und findet sie. Sechs Reiter und drei Maultiere, die vor einigen Stunden nach Süden aufgebrochen sind.

Die Weißen fürchten den blutigen Zorn der Apachen und die meisten verkriechen sich vor ihnen in der Hoffnung, dass die Armee das Problem endlich in den Griff kriegt.

Wer sind diese sechs Reiter und wo wollen sie hin?

Der Alte kommt mit einem Schmerzensschrei wieder zu sich, als Chato den Pfeil aus seinem Arm und dem Holz der Hauswand reißt.

Chato zerrt ihn an den grauen Haaren zu einem Baum. Wickelt ein Seil um seine Knöchel und wirft das andere Ende über einen Ast, der stark genug ist, das Gewicht zu halten. Dann zieht er das Weißauge nach oben, bis sein Kopf einen halben

Meter über dem Boden baumelt, und wickelt das Seil um den Baumstamm.

Der Alte bettelt um sein Leben. Immer wieder sagt er, dass er ein Freund Victorios sei, und das er einer Apachen-Squaw das Leben gerettet habe.

Chato lässt ihn winseln und sammelt Holz. Er hört die Männer lachen. Sie haben dem toten Vaquero das Herz herausgeschnitten und werfen es sich zu.

Der angeschossene Mexikaner lebt noch. Ein Junge, keine zwanzig Jahre alt. Die Krieger haben ihn an den Corral gefesselt. Kawa zieht die Hose des Jungen nach unten. Baishan schneidet ihm Penis und Hoden ab. Sein Geschrei erstirbt, als Baishan ihm die abgeschnittenen Körperteile in den Mund stopft.

Der Alte hat es vom Baum hängend mitangesehen. Sein würdeloses Gebettel ist verstummt. Chato bindet seine Arme mit einem Stück Leder auf den Rücken, dann schichtet er das gesammelte Holz unter seinem Kopf auf.

„Bitte nicht", flüstert der Alte heiser. „Bitte nicht."

Chato geht vor ihm in die Hocke. „Wohin reiten die anderen?"

Der Alte wirkt überrascht, dass der Apache vor ihm so gut Englisch spricht. Er zögert. „Wenn ich es dir sage ... lässt du mich leben?"

„Wohin reiten die anderen?", wiederholt Chato.

„Schneid mich ab und ich sage es dir."

Chato richtet sich auf. Holt etwas getrocknete Rinde aus dem Beutel an seiner Hüfte, dann einen Feuerstein. Er stopft die Rinde zwischen das aufgehäufte Holz. Dann zieht er sein Messer und erzeugt mit Hilfe des Feuerstein Funken, die das kleine Feuer entzünden.

Das Weißauge gibt nicht auf. „Tu das nicht! Bitte! Ich sage dir, was du wissen willst."

Ja, das wirst du tun.

Baishan und Kawa kommen herüber. Sie haben die Spuren der anderen Weißen ebenfalls entdeckt. „Was spielt es für eine Rolle, wohin sie wollen?", fragt Kawa. „Wir finden sie und töten sie."

Chato erwidert nichts.

Die Flammen unter dem Schädel des alten Weißauges werden größer, die Hitze steigt nach oben. „Sie reiten in die Chiricahuas", krächzt der Alte mit schmerzverzerrtem Gesicht. Seine Augen haben angefangen, vom Rauch zu tränen. „Sie suchen verstecktes Geld. Vom Überfall auf einen Armeetransport letztes Jahr. Bitte, lösch das Feuer. Bitte!"

Chato hat so etwas geahnt.

Geld.

Dafür riskieren die Weißaugen alles. Sogar ihr Leben. Für Geld bringen sie sich gegenseitig um.

Chato übersetzt Baishan und Kawa die Worte des Alten.

Wieder zuckt Kawa mit den Schultern. „Na und?"

Chato erklärt es ihm. Er kennt einen Mann in Sonora, der Gewehre verkauft. An *jeden*, der Geld hat. Gewehre, mit denen die Apachen Weißaugen und Mexikaner töten können.

„Mach das Feuer aus, ich flehe dich an!"

Chato sieht zum Corral, wo ein paar der Krieger sich frische Pferde aussuchen. Einer fliegt gerade im hohen Bogen vom Rücken eines wild bockenden Appaloosas. Die Männer lachen. Der Krieger sucht sich ein anderes Pferd. Nachdem sie alles an Waffen, Munition und Lebensmitteln eingesammelt haben, was sie mitnehmen können, brechen Chato und seine Krieger wieder auf.

Sie reiten nach Süden und hinter ihnen werden die heulenden Schreie des alten Weißauges, dessen Gehirn vom Feuer gekocht wird, langsam leiser.

10

Als die Sonne sich im Westen langsam zum Horizont neigt, schwenkt Pearl ihr Pferd nach links in Richtung der Chiricahuaberge.

Sie sind gut vorangekommen. Von den Apachen haben sie nichts gesehen. Aber das heißt natürlich nicht, dass keine da sind. Die Roten beginnen keinen Kampf, den sie nicht gewinnen können. Sechs bewaffnete Männer sind ein Risiko, das sich lohnen muss. Möglich, dass ihnen ein paar Pferde und Waffen und der Proviant auf den Maultieren das Risiko einer Attacke nicht wert sind.

Aber sicher ist man nie.

Die mit Sagebrush und Agave bewachsenen Hügel leuchten bernsteinfarben im warmen Licht der untergehenden Sonne, als sie die Ausläufer der Berge erreichen. Yuma deutet auf eine Ansammlung von Zypressen. „Guter Lagerplatz."

Sie sind nur noch wenige Meter von den Bäumen entfernt, als die Schüsse erklingen. Zwei Stück kurz hintereinander. Nicht weit entfernt, irgendwo hinter den Hügel südöstlich. Dann herrscht wieder Stille. Eine halbe Minute vergeht, bevor ein weiterer Schuss fällt.

Sie zügeln die Pferde.

Rondo zieht die Winchester aus dem Scabbard. „Ich sehe mir das an."

„Ich komme mit", sagt Yuma.

Rondo erwidert nichts.

Pearl nickt. „Wir warten hier." Sie versucht, sich die Angst nicht anmerken zu lassen, aber es klappt nicht.

Rondo hört Buck Masters fluchen und dreht den Kopf in seine Richtung. Das Gewehr des alten Revolvermanns liegt neben seinem Pferd am Boden.

Yuma schnauft. „Verdammter Säufer."

Während Masters aus dem Sattel rutscht, um die Waffe wieder aufzuheben, reitet Rondo bereits an.

Ein vierter Schuss kracht, während er und Yuma nach Südosten traben.

Ein paar Minuten später entdecken sie den Apachen, der mit gespanntem Bogen am Rand einer Hügelkuppe hockt. Er hat sie gehört und wirbelt herum. Sein Pfeil schnellt von der Sehne.

Rondo duckt sich über den Pferdehals und hört den Pfeil über sich hinwegzischen. Er kommt wieder hoch, die Winchester kracht.

Der Indianer strauchelt und lässt den Bogen fallen.

Ein zweiter Krieger erscheint hinter einem stacheligen Sotolbusch. Er feuert mit einem Gewehr auf Rondo und Yuma. Einmal, zweimal, dann das Geräusch eines Hammers, der auf eine leere Kammer fällt. Der Apache wirft sich herum und rennt davon.

Hinter dem Hügel ruft eine raue Stimme: „Hey, ihr! Wer immer ihr seid. Es sind vier Apachen."

Rondo und Yuma rutschen aus den Sätteln. Verständigen sich mit Blicken. Während Yuma geduckt den Hügel hinaufhastet, rennt Rondo dem Apachen nach, der weggelaufen ist.

Hinter ihm erklingt ein Schrei.

Rondo blickt über die Schulter und sieht den angeschossenen Apachen vor Yuma wieder auf die Beine springen. Yumas doppelläufige Schrotflinte kracht und reißt den Indianer von den Füßen.

Im nächsten Moment wächst etwas vor Rondo aus dem Boden. Der Apache schwingt sein leeres Gewehr wie eine Keule. Rondo kann im letzten Moment die Winchester hochreißen. Die Wucht des Schlages schmettert ihm die Waffe aus den Händen.

Der Apache wirft sich auf ihn.

Rondo taumelt nach hinten und stürzt.

Ein erhobenes Messer. Braune Haut, dunkle Augen, ein hübsches Gesicht, umrahmt von langen, dunklen Haaren.

Eine Frau ...

Rondo kriegt ihre Messerhand mit der Linken zu fassen und rammt ihr seine Rechte ins Gesicht. Die Indianerin kippt nach hinten.

Als Rondo aufspringt, erklingt das Hämmern von Hufen. Zwei Apachen preschen mit reiterlosen Pferden im Schlepp direkt auf ihn zu. Einer feuert vom Pferderücken mit einer Pistole.

Rondo wirft sich nach links und krabbelt hektisch in die Deckung eines Felsens, während dicht neben ihm Dreckfontänen in die Höhe spritzen.

Er zieht den Hut vom Kopf und reißt den Colt aus dem Holster. Als er um die Ecke des Felsens späht, sieht er, wie die Frau sich katzengleich auf den Rücken eines der Pferde schwingt, ohne dass diese langsamer werden. Ihre langen Haare flattern im Wind.

Rondo richtet sich auf.

Die Apachen verschwinden in einer Staubwolke.

Er bückt sich nach seinem Hut, holt seine Winchester und umrundet den Hügel, von dem Yuma bereits herunterkommt.

Ein bärenhafter Kerl in einer zerlumpten Felljacke kriecht unter einer kastenförmigen Kutsche hervor, ein Gewehr in den behaarten Händen. Er spuckt aus. „Schätze, ich bin den Herren zu Dank verpflichtet." Er streckt Rondo und Yuma seine Pranke entgegen. „Ray La Fleur."

Sie schütteln die schwielige Hand.

„Das rote Pack wollte mir den Garaus machen. Dabei lassen sie mich eigentlich in Ruhe. Habe ich bestimmt Lozen zu verdanken. Sie hasst mich."

Rondo muss an die Indianerin denken, die ihm um ein Haar den Schädel eingeschlagen hätte. „Wer ist Lozen?"

„Eine Kriegerin. Sie ist Victorios Schwester. Sie kann mich nicht ausstehen, weil ich den Apachen Whiskey verkaufe."

Rondo nickt. „Ich habe sie gesehen."

„Ich wünschte, Sie hätten dem Miststück ein Loch in den

Pelz gebrannt." Er mustert Yumas Klamotten, die langen Haare und das Stirnband. „Und Sie hätte ich beinahe für einen Roten gehalten.

Yuma erwidert nichts. Etwas hat seine Aufmerksamkeit erregt. Rondo folgt seinem Blick. Ein dunkles Kindergesicht schielt aus der halboffenen Hintertür der Kutsche, in der ein Pfeil steckt.

„Deine lausigen Brüder sind weg", sagt La Fleur. „Los, gib den Maultieren Wasser."

Der Junge, Rondo schätzt ihn auf elf oder zwölf Jahre, klettert aus der Kutsche. Er hat nicht nur die dunkle Haut eines Indianers, sondern auch das dichte schwarze Haar. Es sieht aus, als hätte es jemand mit einem Messer abgeschnitten. Seine Kleidung ist schmutzig und voller Löcher, die schwarzen Schnürschuhe rissig und ausgetreten. Er beobachtet Rondo und Yuma misstrauisch, während er einen Holzeimer vom Haken an der Kutschenwand nimmt.

„Beweg dich!" La Fleur tritt dem Jungen so hart in den Hintern, dass er stolpert und auf die Knie stürzt. „Fauler Bastard."

Rondo verspürt den Drang, La Fleur den Colt durchs Gesicht zu ziehen und vielleicht hätte er es auch getan, aber dann bemerkt er aus den Augenwinkeln eine Bewegung.

Oben auf dem Hügel, über den sie gekommen sind, sieht er den Apachen, den er angeschossen und dem Yuma anschließend noch eine Ladung aus der Schrotflinte verpasst hat. Der Krieger hockt auf den Knien und versucht sich aufzurichten. Auf halbem Weg sackt er wieder in sich zusammen.

„Ein zäher Dreckskerl", sagt Yuma, während Rondo mit langen Schritten den Hügel hinaufeilt.

Der Apache hat sich mit einem Ellenbogen am Boden abgestützt. Blut sickert aus der Schusswunde in seiner Seite, wo Rondos Kugel ihn getroffen hat, und über seinen von Yumas Schrotkugeln zerfetzten linken Arm. Im Gegensatz zu dem Apachen, der im Sterben lag, als Rondo Pearl gerettet hat, wird dieser überleben, wenn man ihm nicht den Rest gibt.

Rondo zieht seinen Colt und richtet ihn auf den Kopf des

Mannes. Dessen Augen blicken dem Lauf und seinem Tod trotzig entgegen. Rondo spannt den Hahn.

„Knall ihn nicht ab", sagt Yuma, der neben ihn getreten ist. „Wir nehmen ihn mit."

„Wozu?"

„Um uns die Apachen vom Leib zu halten, wozu sonst? Für die ist jeder Krieger wichtig. Solange die Chance besteht, dass sie ihn lebend zurückbekommen, lassen Sie uns vielleicht in Ruhe."

La Fleur stampft schnaufend die Steigung hinauf. Er blickt auf den Indianer hinab. „Den kenne ich auch. Das ist Kuruk. Er ist Lozens Cousin." Er tritt gegen den verletzten Arm des Indianers. Kuruk verzieht das Gesicht, aber kein Laut kommt über seine Lippen.

„Ihr undankbaren Hurensöhne. Ich habe euch Whiskey verkauft. Immer zu fairen Preisen. Und ihr wollt mich umlegen?"

Yuma lächelt. „Lozens Cousin? Umso besser."

Rondo schiebt den Colt zurück ins Holster. Vielleicht ist Yumas Gedanke gar nicht so falsch. Aber was sollen sie mit La Fleur machen?

Als hätte der Rondos Gedanken gelesen, sagte er: „Was treibt ihr eigentlich hier draußen?"

11

Lozen beobachtet die drei Männer, die ihr Lager nur wenige Meilen von den anderen Weißaugen entfernt aufgeschlagen haben. Der Himmel ist sternenklar und sie kann ihre Umrisse in der Dunkelheit ausmachen, obwohl sie auf ein Feuer verzichten. Die Weißen ahnen nicht, wie nah ihnen die Apachen sind.

„Sie verfolgen die anderen", sagt Chato, der neben ihr am Rand des Arroyos liegt. „Sie wollen auch das Geld."

Nachdem die beiden Weißen ihren Angriff auf La Fleur vereitelt hatten, waren Lozen, der alte Martine und Savate beinahe mitten in die Männer hineingeritten. Sie hatten die Staubwolke der Reiter erst im letzten Moment bemerkt und einen Haken geschlagen. Sie wussten ja nicht, was auf sie zukam. Erst später hatten sie bemerkt, dass es drei weitere Weiße waren.

Nach Sonnenuntergang trafen sie mit dem Rest der Krieger zusammen und später dann mit Chatos Gruppe an der Wasserstelle. Lozen erzählte Chato von ihrem misslungenen Überfall auf La Fleur. Chato wusste von den Weißen, die dem Händler zur Hilfe gekommen waren. Er erzählte ihr von Pop Brennans Ranch und von dem, was der Alte ihm vor seinem Tod verraten hatte. Lozen weiß, dass Victorio Chato verboten hat, den alten Brennan zu töten, aber sie macht ihm keinen Vorwurf.

Geld zu erbeuten, um Waffen zu kaufen, ergibt Sinn. Sie

brauchen gute Gewehre, um Krieg gegen die Weißaugen zu führen. Die Mexikaner hassen die Apachen zwar so sehr wie die sie hassen, aber es gibt immer jemanden, der bereit ist, ein Geschäft mit dem Teufel einzugehen. Da sind sich Anglos und Mexikaner ähnlich.

Inzwischen weiß Lozen, dass die Weißen Kuruk gefangen genommen haben. Als sie seine Leiche bergen wollten, um sie zu begraben, konnten sie Kuruks Körper nirgends finden. Dafür Spuren, die ihnen erzählten, was geschehen war. Der Erleichterung darüber, dass er lebt, folgte die Gewissheit, dass er in der Gewalt der Weißen ist.

Chato und Lozen wissen, was das bedeutet. Die Weißen hoffen, dass ihre Geisel sie vor einem Angriff der Apachen bewahrt.

Chato ist das nur Recht, denn er will die Weißen erst das Geld bergen lassen, bevor er sie ausradiert. Auch das leuchtet Lozen ein, aber die Sorge um ihren Cousin Kuruk ist größer. Sie plädiert dafür, ihn zu befreien, bevor ihm in der der Gewalt der Weißen etwas zustößt. Jede Sekunde, die er ihr Gefangener ist, mindert seine Überlebenschancen. Chato hat ihr versprochen, dass sie Kuruk spätestens morgen retten werden. Auch wenn die Weißen das Geld bis dahin nicht geborgen haben.

„Lass sie uns töten", flüstert Lozen jetzt. Sie ist überzeugt, dass sie die drei Männer dort drüben erledigen können, bevor die überhaupt wissen, wie ihnen geschieht.

Chato schüttelt den Kopf. „Wenn sie nur einen Schuss abfeuern können, sind die anderen gewarnt. Ich will, dass sie sich in Sicherheit wiegen. Bis es zu spät ist."

Lozen spürt Chatos Hand in der Dunkelheit auf ihrem Arm. „Sie werden alle sterben, das verspreche ich dir."

Sie erwidert nichts.

Chatos Hand bleibt auf ihrem Arm.

Sie weiß, dass er sie begehrt. Aber das ist nicht ihr Weg. Sie war bereits als junges Mädchen mehr an der Kunst des Krieges interessiert als an der Rolle einer gewöhnlichen Squaw. Ihr Bruder Victorio hat sie darin immer unterstützt. Schon lange gilt sie als eine der besten Reiterinnen und Schützinnen ihres

Stammes und wird von den Männern als gleichwertige Kriegerin respektiert. Auch von Chato.

Sie weiß, dass er keine Ehefrau will. Er hat seit dem Tod seiner Familie im Aravaipa Canyon nie eine Frau genommen. Chato sucht nach Zerstreuung, nach körperlicher Nähe, mehr nicht. Aber auch die kann Lozen ihm nicht geben. Sie hat schon vor langer Zeit aufgehört, Männer zur Befriedigung zu begehren. Sie findet ihre Erfüllung im Kampf für ihr Volk.

Das letzte Mal, dass Lozen so etwas wie Verlangen verspürte, war vor ein paar Monaten gewesen, als sie mit einer Gruppe Mescaleros zusammentrafen. Datheste ist verheiratet und Mutter, aber auch eine Kriegerin wie Lozen. Die Begegnung war kurz, doch seitdem träumt Lozen davon, Datheste wiederzusehen.

Chatos Hand gleitet von ihrem Arm. Er verschwindet ohne einen Laut in der Dunkelheit zu der Stelle, an der die anderen Krieger lagern.

Lozen blickt hinauf zum Sternenhimmel und bittet Ussen, den Erschaffer allen Apachenlebens, ihren Cousin Kuruk zu beschützen. Dann denkt sie an den einen der beiden Weißen, die La Fleur zur Hilfe gekommen sind. Ihre Wange und ihr Auge sind geschwollen, wo seine Faust sie getroffen hat. Lozen hat sich sein Gesicht eingeprägt. Er wird sterben wie die anderen. Aber unter ihrem Messer.

Und langsamer.

Sehr viel langsamer.

12

Auf La Fleurs Frage, was sie hier draußen machten, hatte Yuma geantwortet, dass ihn das einen Scheißdreck angehe. Der Händler hatte gewusst, das es besser für ihn war, nicht weiter neugierig zu sein. Stattdessen fragte er, ob er die Nacht mit ihnen verbringen durfte. Er hatte Angst davor, wieder auf die Apachen zu treffen. Vor allem auf die Frau namens Lozen, die er als echten Teufel beschrieb.

„Aber morgen früh verschwindest du wieder", antwortete Yuma.

Sie waren mit La Fleur, seiner Kutsche und dem Indianerjungen zu den anderen zurückgekehrt.

Während sie ihr Lager zwischen den Zypressen errichteten, hatten sie den gefangenen Apachen an eins der Wagenräder gefesselt. Yuma untersuchte seine Wunde. Es sah aus, als hätte Rondos Kugel seine Seite durchschlagen, ohne Organe zu verletzen. Die Wunde hatte aufgehört zu bluten, aber würde sich wahrscheinlich entzünden. Genau wie der von Yumas Schrotkugeln übel zugerichtete Arm des Indianers. Yuma goss etwas von La Fleurs Whiskey über die Wunden, was der Rote stoisch über sich ergehen ließ, obwohl es höllisch brennen musste.

Sie machten den Apachen zum Trotz ein Feuer und pflockten die Pferde dicht bei sich an. Sie erwärmten Kaffee und Bohnen, die sie mit Biscuits und Hartkäse aßen.

Pearl fragte La Fleur nach dem Jungen. Der Händler erzählte, dass er ein Comanche war, den er in Mexiko einem Farmer abgekauft hatte.

Rondo sah Mitgefühl in Pearls Blick, als sie beobachtete, wie der Junge sich um die Kutschpferde kümmern und das Nachtlager herrichten musste, während La Fleur ihn immer wieder beschimpfte. Der Händler hatte den Jungen nicht aus Mitleid von den Mexikanern freigekauft. Er brauchte einen Sklaven, und so behandelte er ihn auch.

Rondo versuchte, den Jungen zu ignorieren. Er erinnerte ihn zu sehr an sich selbst.

„Redet nicht viel, der Bengel", sagte Buck Masters, während er einen Schluck Whiskey nahm.

La Fleur grinste. „Natürlich nicht. Ich habe ihm die Zunge rausgeschnitten. Hat mich die ganze Zeit beschimpft, das konnte ich ihm nicht durchgehen lassen. Fast wäre er an dem Blutverlust verreckt. Aber jetzt ist der Bastard handzahm."

Er schlug dem Jungen mit der flachen Hand auf den Hinterkopf. „Beweg deinen Arsch und hol ein paar Konserven. Dann verteilst du sie."

Der Junge richtete sich auf und kletterte in die Kutsche. Kurz darauf kehrte er mit einem Baumwollbeutel zurück und verteilte daraus Obstkonserven an die anderen.

„Lasst es euch schmecken", sagte La Fleur gönnerhaft.

Rondo ahnte, dass der Händler Hoffnung hegte, sie so dazu zu bringen, ihn morgen früh nicht seinem Schicksal zu überlassen.

Er öffnete die Dose mit dem Messer, dass ihm Topsannah, eine weiße Comanchen-Squaw, im Frühjahr im Palo Duro Canyon geschenkt hatte, dann schob er sich die in dickflüssigem Sirup schwimmenden Birnen mit den Fingern in den Mund.

Aber ganz egal, wie viel Whiskey oder Obstkonserven La Fleur ihnen schenkte, er würde sie nicht begleiten, das stand fest.

Zumindest bis jetzt.

Denn in diesem Moment entdeckt der Händler die Schaufeln und Spitzhacken an den Packpferden. Er bleckt lächelnd sein schlechtes Gebiss. „Ihr wollt nach Cooper's Well."

Pearl gelingt es nicht, ihre Überraschung zu verbergen.

Das bemerkt nicht nur Rondo, sondern auch Yuma.

La Fleur lacht. „Silber gibt's da schon lange keins mehr. Was glaubt ihr, warum sie die Stadt aufgegeben haben?"

Eine Geisterstadt also, denkt Rondo. Marvin Sturges hat die Beute des Überfalls in den Ruinen einer alten Minengemeinde versteckt.

„Da ist noch was anderes", sagt La Fleur. „Der einzige Weg nach Cooper's Well führt durch den Clarita Canyon. Aber da ist kein Durchkommen mehr. Eine Felswand ist runtergekommen und hat den Canyon verschüttet."

Rondo sieht, wie es in Pearls Gesicht arbeitet. Er kann in ihr lesen wie in einem Buch. Besser sogar, denn um seine Lesekenntnisse ist es nicht besonders gut bestellt. *Der Weg auf Sturges' Karte führt durch den Clarita Canyon.*

La Fleurs runde Schultern unter den Felllumpen zucken. „*Ich* kenne allerdings noch einen anderen Weg."

Pearl zögert nicht lange. „Wenn Sie uns den zeigen, wird sich das für Sie lohnen."

La Fleur zupft an seinem struppigen Bart. „In Anbetracht der Tatsache, dass meine Geschäfte mit den Apachen etwas ins Stocken geraten sind, würde ich das Angebot akzeptieren. Ich nehme an, wir reden von Geld?"

„Fünftausend Dollar", sagt Pearl, ohne mit der Wimper zu zucken.

Rondo kann sehen, dass es Yuma ganz und gar nicht schmeckt, was hier abläuft. Aber La Fleur hat sich unentbehrlich gemacht, ob ihm das nun gefällt oder nicht.

„Wir sind im Geschäft", sagt der Händler. „Wonach suchen wir denn in Cooper's Well?"

„*Wir* suchen nach gar nichts", sagt Yuma. „Und wenn du uns angelogen hast, lege ich dich um."

„Ist das die Art, mit einem Mann zu reden, der euch seine Hilfe anbietet?"

„Wir haben deinen Hintern vor den Apachen gerettet. Du schuldest *uns* was."

La Fleur lächelt. Er hat bekommen, was er will. „Unsere neue Partnerschaft müssen wir mit was Besonderem begießen", sagt er und holt einen schweren Steinkrug mit Henkel aus der Kutsche. „Selbst gebrannt."

Yuma lehnt ab, aber Buck Masters nimmt ohne Zögern einen tiefen Schluck aus dem Krug. Auch die Zwillinge. Oli fängt an zu husten und läuft rot an, während Tränen in seine Augen steigen. „Gottverdammt, das Zeug verbrennt einem ja die Eingeweide."

La Fleur lacht. „Ist der Sinn der Sache, mein Junge."

Rondo verzichtet ebenso wie Pearl und Yuma. Der Krug wandert zurück zu La Fleur. Er hält ihn dem gefangenen Apachen unter die Nase. „Na, Kuruk. Wie wär's mit einem Schlückchen? Stehst du doch drauf, hm?"

Der Apache erwidert nichts, aber Rondo sieht ihm an, dass er nicht abgeneigt ist. La Fleur sieht es auch. Er hält Kuruk grinsend den Krug an die Lippen. Der Apache beginnt zu trinken. La Fleur hebt den Krug an und presst ihn fest auf den Mund des Indianers. Es dauert nicht lange, bis der anfängt zu würgen und zu husten.

La Fleur lacht und tritt dem Apachen in die verwundete Seite. Kuruk stößt ein schmerzerfülltes Grunzen aus und windet sich in seinen Fesseln.

„Hey!", sagt Yuma warnend. „Wir brauchen ihn noch."

La Fleur ignoriert Yuma und dreht sich zu Buck Masters. „Willst du noch, obwohl der rote Bastard sein schmieriges Maul dran hatte?"

Masters sieht beschämt aus, trotzdem nimmt er noch mal einen kräftigen Schluck.

„Das reicht", sagt Pearl. „Wir sind nicht zum Vergnügen hier."

La Fleur stellt den Krug im Schoß des Jungen ab. „Bring ihn wieder rein." Der Händler schlurft hinter die Kutsche und kurz darauf hört man ihn pinkeln.

Der Junge trägt den schweren Krug in die Kutsche. Auf der abgewetzten Stufe der Hintertür rutscht sein Fuß ab. Der Krug entgleitet seinen Händen und prallt auf einen Stein. Ein Riss tut sich auf und der Selbstgebrannte sickert heraus.

„Gottverdammter Bastard!" La Fleur kommt um die Kutsche herum. Seine schwielige Hand trifft den Jungen im Gesicht und holt ihn von den Füßen.

Der Händler zieht etwas aus der Kutsche. Kurz darauf knallt

eine Peitsche. Erst in der Luft, dann auf dem Rücken des Jungen, der vergeblich versucht, außer Reichweite zu kriechen. Ohne Zunge kann er nicht schreien, aber ein grunzender Schmerzenslaut kommt über seine Lippen.

„Hören Sie auf!", ruft Pearl und erhebt sich von ihrem Platz am Feuer.

La Fleur schlägt erneut zu. Der Junge rollt sich am Boden zusammen und schlingt die Hände um den Kopf, um sein Gesicht zu schützen.

Rondo sieht, wie La Fleur die Peitsche ein drittes Mal hebt.

Er spürt Hitze in sich aufsteigen.

Und die Erinnerung an Nogales.

Es ist, als wäre es gestern gewesen.

Fusco, der Mann, für den Terri und die anderen Huren arbeiteten. Der Mann mit den zwei Gesichtern, wie die Frauen ihn nannten. Einen Moment freundlich und beinahe warmherzig, verwandelte er sich im nächsten in einen gefühlskalten, gewalttätigen Bastard. Oft ohne Grund. Niemand konnte seine Stimmungsschwankungen voraussehen; sie kamen so plötzlich wie ein Sandsturm.

Für Terri und die Frauen reservierte Fusco die flache Hand oder eine Faust in Magengrube und Nierengegend. Schließlich legte er Wert darauf, „den Puff mit den hübschesten Huren nördlich der Grenze zu betreiben", wie er sich selbst ausdrückte.

Bei Rondo war er da weniger zimperlich. Er hatte Terri zwar erlaubt, den Jungen bei sich aufzunehmen, aber das hieß nicht, dass er Mitgefühl hatte. Im Gegenteil. Wenn sich wieder einmal ein schwarzer Schatten über Fuscos Laune legte, dann war Rondo Freiwild. Ohrfeigen, Fausthiebe, Arschtritte, Schläge mit dem Gürtel oder, wie an einem Sommerabend des Jahres, in dem Terri von einem Südstaatler namens Mosley ermordet wurde, die Peitsche. Rondo bekam alles zu spüren. Die Schläge mit der Peitsche hatten blutige Striemen auf seinem Rücken hinterlassen, deren Narben heute noch zu sehen sind. Terri trug dieselben Narben; ihre stammten von den Baumwollfeldern in South Carolina, wo sie lebte, bevor sie nach Westen und Nogales kam. Rondo hatte vier Tage auf dem Bauch liegen müssen, während

Terri seine Wunden mit einer Salbe einrieb, die sie selbst zusammengemixt hatte. Freier musste Terri trotzdem empfangen. Rondo lag mit dem Gesicht zur Wand gedreht auf seiner Strohmatratze, während neben ihm die Federn des Bettes unter dem Gewicht von Terri und der Kerle, die sie bestiegen, laut knarrten.

Jetzt ist es, als würde sich ein roter Schleier über Rondos brennende Augen legen.

La Fleurs Peitsche trifft den Jungen ein drittes Mal und er tritt nach ihm. „Geh mir aus den Augen, du Mistvieh!"

Der Junge krabbelt hektisch auf allen vieren unter die Kutsche und kauert sich dort verängstigt zusammen.

Rondo richtet sich auf.

Die anderen bemerken erst, was er vorhat, als es bereits geschieht.

Er schlägt La Fleur den leeren Blechteller ins Gesicht und rammt ihm gleichzeitig die Linke in die Magengrube.

La Fleurs Beine knicken ein, die Peitsche rutscht aus seinen Fingern.

Sein Gesicht macht Bekanntschaft mit Rondos Knie, dann krallen sich Rondos Hände in seinen Nacken und seine Felljacke.

„Was–?", stammelt La Fleur und verstummt gleich wieder, als Rondo seinen Kopf wuchtig gegen die Kutschenwand rammt. Sein Körper sackt zu Boden.

La Fleurs blutüberströmtes Gesicht sieht zu Rondo auf. Er versucht zu sprechen, aber statt Worten schwappen zwei abgebrochene Zähne und blutiger Speichel über seine Lippen.

Rondo hört Pearls Stimme, die seinen Namen ruft.

Er ignoriert sie.

Seine Finger schließen sich um die Peitsche am Boden.

La Fleur zieht sich schnaufend am Rad der Kutsche hoch.

Rondo lässt die Peitsche knallen. Das Ende wickelt sich wie eine Schlange um La Fleurs Kehle. Dessen Augen treten hervor, als Rondo ihn mit einem Ruck von den Füßen reißt.

„Rondo!" Er hört Yumas Stimme nur dumpf durch das Rauschen des Blutes in seinen Ohren.

La Fleur hockt auf den Knien. Er röchelt und versucht

verzweifelt, seine Finger zwischen die Peitschenschnur und seinen Hals zu schieben.

Rondo reißt wieder daran. La Fleur kippt zur Seite. Rondo zerrt seinen strampelnden Körper an der Peitsche bis zur Feuerstelle.

Er will ihn brennen sehen–

„Stopp!“

Auf der anderen Seite des Feuers hält Yuma seine doppelläufige Schrotflinte in den Händen. Rondo blickt über die Flammen hinweg in die beiden dunklen Mündungen. Yuma braucht nur den Finger zu krümmen.

Rondo lässt die Peitsche fallen.

Der rote Schleier vor seinen Augen löst sich langsam auf.

Yuma senkt die Schrotflinte.

Pearl steht neben ihm. Rondo hat ihr damals von seiner Kindheit in Nogales erzählt. Von Terri und den anderen Huren. Ihrem Mörder Mosley. Und Fusco, dem Hurensohn. Möglich, dass sie sich daran erinnert und weiß, was seinen Gewaltausbruch ausgelöst hat.

La Fleur wickelt sich mit zitternden Fingern die Peitsche vom Hals und schnappt gierig nach Luft. Sieht zu spät, dass Rondo die Kaffeekanne vom Gitter über dem Feuer nimmt. Er stößt einen gellenden Schrei aus, als Rondo ihm die heiße Brühe über den Kopf gießt.

„Gottverdammt, Rondo, den wollte ich trinken“, sagt Buck Masters, der sich die ganze Zeit nicht von seiner Bettrolle gerührt hat.

Rondo geht neben dem vor Schmerz wimmernden La Fleur in die Knie und krallt seine Hand in dessen fettiges Haar. „Wenn du den Jungen noch einmal anfasst, lege ich dich um.“

Als er sich wieder aufrichtet, trifft sich sein Blick mit dem von Yuma.

„Was ist denn in dich gefahren? Wir brauchen den Typen.“

Rondo erwidert nichts. Er füllt die Kanne wieder mit Wasser, wirft eine Handvoll Kaffeepulver hinein und stellt sie zurück aufs Feuer.

„Danke“, sagt Masters.

Rondo geht zurück zu seinem Sattel und den Decken, die er

davor ausgerollt hat. Er spürt, wie die Augen des Jungen unter der Kutsche und die des gefangenen Apachen ihm folgen.

„Ich werde euch nirgendwo hinführen ..."

La Fleur hat geflüstert, aber alle haben es gehört.

„Kein Grund, beleidigt zu sein, bloß weil du eine kleine Abreibung kassiert hast", sagt Yuma, was die Zwillinge zu schrillem Gelächter veranlasst.

La Fleur richtet sich schwankend auf. Sein Gesicht ist rot. Rot vom Blut und rot dort, wo der heiße Kaffee seine Haut verbrüht hat.

Yuma tippt ihm mit dem Lauf der Schrotflinte vor die Brust. „Du bringst uns nach Cooper's Well. Sonst lernst du Oli und Ken ein bisschen näher kennen."

La Fleur folgt Yumas Blick zu den Zwillingen.

Oli Parker hat ein großes Messer aus der Scheide an seiner Hüfte gezogen und streicht mit dem Daumen über die breite Klinge. Sofort rinnt Blut aus einer kleinen Schnittwunde, das er lächelnd ableckt.

Rondo wusste doch, dass die Brüder nicht so harmlos sind, wie sie aussehen.

La Fleur starrt Yuma an.

Die Zwillinge.

Pearl.

Buck Masters.

Rondo.

„Ihr seid irre", sagt er heiser. „Alle zusammen."

13

Das Gelände steigt an. Sie reiten immer höher in die Himmelsinsel der Chiricahuas. Mehr Felsen, aber auch mehr grün. Dichte Wälder aus Eichen, Pappeln, Zypressen, Ponderosakiefern und Douglasfichten wechseln sich ab mit bizarren Felsgebilden aus vulkanischem Rhyolithgestein. Mal sind es schlanke Felsnadeln, dann wuchtige Türme, manchmal seltsam geformte Figuren.

Sie reiten schweigend. Pearl und Yuma an der Spitze, gefolgt von La Fleurs Kutsche, dahinter Rondo und Buck Masters. Die Parker-Zwillinge bilden den Abschluss. Der verletzte Apache liegt gefesselt in der Kutsche.

Pearl weiß nicht, was sie von Yumas Idee, den Indianer als Geisel zu nehmen, halten soll. Er argumentiert, dass das die Roten davon abhalten wird, sie zu attackieren. Was, wenn es sie dazu bewegt, das Gegenteil zu tun?

Sattelleder knarzt. Ein Pferd schnaubt. Die Räder der Kutsche rumpeln knarrend über den steinigen Boden. Insekten summen. Ein Greifvogel kreist über ihnen in der warmen Luft.

Pearl hört La Fleur Rotze hochziehen und als sie den Kopf dreht, spuckt er eine Ladung blutigen Speichel auf die orangen Blüten eines Klettertrompetenbuschs. Sein deformiertes Gesicht ist eine einzige Schwellung. Die linke Seite, wo Rondo ihn mit dem Teller erwischt hat, ist dunkel verfärbt. Um seinen Hals sind die roten Striemen der Peitsche deutlich zu erkennen. Er sieht grässlich aus.

Nicht, dass er vorher ein attraktiver Mann gewesen wäre.

Der Indianerjunge hockt schweigend neben ihm auf dem Kutschbock. Auch wenn sich nicht eine einzige Gefühlsregung vom Gesicht des Junges ablesen lässt, glaubt Pearl, dass es eine Genugtuung für ihn gewesen war zu sehen, wie Rondo letzte Nacht auf La Fleur losgegangen ist.

Einem Kind die Zunge rausschneiden. Was für ein Dreckschwein. Wenn sie La Fleur nicht brauchen würden, hätte Pearl kein Problem damit gehabt, wenn Rondo ihn totgeschlagen hätte.

Beim Frühstück hat sie gesehen, wie sich die hasserfüllten Blicke des Händlers in Rondos Rücken brannten, als der sich über das kleine Feuer beugte, um sich einen Kaffee einzugießen. Rondo muss vor dem Mann auf der Hut sein. Aber das weiß jemand wie er natürlich selbst.

Pearl hat sich die Karte von Marvin Sturges bis ins Detail eingeprägt. Als der wie der Buckel eines Bären geformte Felsen vor ihnen auftaucht, weiß sie, dass direkt dahinter die Abzweigung zum Clarita Canyon kommt, der sie eigentlich nach Cooper's Well führen sollte.

„Da hinten geht's zum Clarita Canyon", sagt La Fleur, als hätte er ihre Gedanken gelesen.

Pearl dreht sich zu Yuma. Der nickt.

„Wartet hier", sagt Pearl zu den anderen und reitet mit Yuma alleine weiter. Kurz hinter dem Bärenfelsen, wie Sturges ihn in seiner Karte genannt hat, entdecken sie die Abzweigung zum Canyon. Wenige Minuten später halten sie die Pferde vor massiven Gesteinsbrocken an, die ihnen den Weg versperren. La Fleur hat also nicht gelogen.

„Ich traue dem Kerl trotzdem nicht", sagt Yuma.

„Wir haben keine Wahl."

Yuma sieht ihr in die Augen. „Du traust mir auch nicht."

„Ich bin eine unabhängige Frau. Ich traue niemandem."

„Auch nicht Rondo?"

„Du hast keinen Grund, eifersüchtig zu sein."

„Irgendwann wirst du anfangen müssen, mir zu vertrauen, Pearl."

Irgendwann. Yuma glaubt ernsthaft, dass es eine Zukunft für sie beide gibt. Was Pearl betrifft, hat sie sich eine Weile mit ihm amüsiert, das ist alles. Yuma ist ein wildes Tier. Genauso besteigt er sie. Am liebsten von hinten, eine Hand in ihr langes Haar gekrallt. Das gefällt Pearl. Leider hält Yuma sie deswegen jetzt für seinen Besitz. Sie hat keine Ahnung, wie seine Vorstellung einer gemeinsamen Zukunft mit ihr aussieht, sie weiß nur, dass er in ihren langfristigen Plänen keinen Platz hat.

Sie muss ihn loswerden.

Und sie weiß, dass es nur einen Weg gibt.

Das unerwartete Wiedersehen mit Rondo ist ein Wink des Schicksals gewesen. Er hat ihr das Leben gerettet. Nicht nur vor den Apachen. Nein. Er wird sie auch vor Yuma *retten*.

Und dann?

Sie hat Rondo zehn Jahre nicht gesehen.

Damals in Austin hatten sie eine gute gemeinsame Zeit gehabt. Pearl war mit einer Truppe reisender Tänzerinnen, der sie sich angeschlossen hatte, nachdem sie von zu Hause fortgelaufen war, in die Stadt gekommen.

Während Rondo als Rausschmeißer im Buckhorn Saloon randalierende Gäste in ihre Schranken wies, hatten Pearl und die anderen Tänzerinnen die Stimmung im Laden zum Brodeln gebracht.

Pearl und Rondo fanden Gefallen aneinander und verbrachten fast jede Nacht gemeinsam in seinem schäbigen Zimmer hinter dem Saloon, in dem Tony Legg, der Besitzer, Rondo wohnen ließ. Die Hitze wich nie aus dem muffigen kleinen Loch und der Schweiß trocknete selten auf ihren nackten Körpern.

Eines Abends stieg Gabe Edson, Sohn des Ranchers J.T. Edson, auf die Bühne, um Pearl während ihres Soloauftritts zu begrapschen. Es kam öfter vor, dass Männer ihre Begeisterung nicht im Zaum halten konnten, und so lange es dabei blieb, dass sie mit ihren Colts in die Decke schossen, war das okay. Aber als Pearl Gabe von sich stieß, boxte er ihr so hart in den Magen, dass sie auf die Holzbohlen kotzte.

Rondo zerrte Gabe von der Bühne. Verpasste ihm eine Gerade mitten ins Gesicht und spaltete seine Oberlippe. Dann zerrte er den blutenden Rancherssohn am Kragen durch die Tür auf die Straße und warf ihn mit dem Gesicht in einen Haufen Pferdescheiße. Vielleicht war es diese Erniedrigung, die Gabe dazu veranlasste, mit gezogenen Colt zurück in den Saloon zu stürmen. Er fing ohne Vorwarnung an zu schießen, war aber zu betrunken, um Rondo zu treffen. Vielleicht war er auch einfach nur ein lausiger Schütze. Jedenfalls hatte der an diesem Abend unbewaffnete Rondo keine Probleme, die Distanz zwischen sich und Gabe der Waffe zum Trotz zu überbrücken. Er riss Gabe die Pistole aus der Hand und fing dann an, damit auf ihn einzuschlagen. Pearl wusste, dass Rondo nur schwer zu stoppen war, wenn er einmal loslegte. Das hatten schon andere Typen, die Ärger machten, zu spüren bekommen. Und das war genau der Grund, warum Tony Legg ihn angeheuert hatte. Wen Rondo einmal in die Mangel nahm, der machte danach selten wieder Ärger.

So war es auch mit Gabe Edson. Allerdings nicht, weil er seine Lektion gelernt hatte, sondern weil von seinem Schädel nicht mehr viel übrig geblieben war, als es einigen Männern endlich gelang, Rondo von ihm wegzubringen.

Bei jedem anderen hätte man Rondos Tat wahrscheinlich als Notwehr ausgelegt, denn streng genommen hatte er ja nur seinen Job gemacht. Aber bei dem Sohn von J.T. Edson, einem der einflussreichsten und mächtigsten Männer der Gegend, sah die Sache anders aus. Tony Legg legte Rondo nahe, auf der Stelle das Weite zu suchen, denn es war klar, dass er sonst für den Tod von Gabe am Galgen enden würde.

Pearl stand in der Hintertür des Saloons und sah zu, wie Tony Legg Rondo noch etwas Geld zusteckte. Rondo winkte ihr zu und dann verschwand er im gestreckten Galopp in der Nacht.

Über die Jahre hörte sie, wie sein Name die gleiche Bedeutung bekam wie der Tod durch eine Kugel. Die Erinnerung an Rondo verblasste, andere Männer traten in ihr Leben, wenn auch keiner für länger. Bis auf Dalton, den Kartenspieler. Mit ihm hätte Pearl eine Zukunft gehabt. Aber der Idiot musste sich ja erschießen lassen. Sie war so wütend darüber gewesen, dass sie nicht einmal weinen konnte, als sie ihn in die Erde ließen.

Und Rondo? Können sie das, was damals zwischen ihn war, wieder aufleben lassen? Es ist eine Ewigkeit her, sie waren beide jung, sie waren andere Menschen ...

Als Yuma neben ihr sein Pferd wendet, reißt sie das aus ihren Gedanken und Pearl folgt ihm zurück zu den anderen.

14

Wie unten in der Ebene sind die Spuren der sechs Reiter und der Maultiere auch in den Bergen nicht zu übersehen. Es ist ein leichtes, ihnen zu folgen. Deswegen hält Cocta Neal großzügig Abstand. Er hat mehr Angst, von ihnen entdeckt zu werden, als sie zu verlieren.

Im Gegensatz zu Ernie, der einmal mehr drängelt, dichter aufzuschließen.

„Du musst lockerer werden, Ernie. Die entwischen uns nicht. Schon gar nicht jetzt, wo sie die Kutsche dabeihaben."

Heute früh hatten sie die Lagerstelle und die Spuren der Kutsche entdeckt. Cocta fragt sich, was es damit auf sich hat. War das ein vereinbartes Treffen? Oder eine Zufallsbegegnung?

Er sieht zu Walon rüber. Der ist auch nervös. Aber nicht aus Angst davor, die Spur zu verlieren. Er hat die Hosen voll wegen der Apachen.

Nicht ganz unberechtigt, aber bislang haben sie nichts gehört oder gesehen, was auf die Anwesenheit der Roten hindeuten würde. Abgesehen von den Schüssen gestern am späten Nachmittag. Sie hatten angehalten und gelauscht. Das Gefecht war kurz gewesen; schließlich hörten sie galoppierende Pferde ganz in ihrer Nähe. Dann nichts mehr. Die einzige Erklärung war, dass Pearl und ihre Begleiter auf Apachen gestoßen waren. Wenn dem so war, hatten die Roten sich in Luft aufgelöst. Aber natürlich weiß Cocta, dass man die Roten manchmal erst bemerkt, wenn es zu spät ist.

Er hat keine Angst vor den Apachen. Gut möglich, dass sie gar nicht mehr in der Nähe sind. Außerdem sind sie ein Risiko, das sich nicht vermeiden lässt, wenn sie die Beute zurückbekommen wollen.

Sie waren auch ein Risiko eingegangen, als sie den Geldtransport überfielen. Er weiß, wovon er spricht, schließlich ist er derjenige, der im Yuma Territorial Prison gelandet ist.

Das ganze Leben ist ein einziges Risiko. Für Cocta spielt es keine Rolle, wer ihm das Lebenslicht ausknipst. Natürlich weiß er, dass die Apachen Spaß dran haben, ihre Opfer zu quälen. Das möchte er sich genauso ersparen wie Walon.

Aber ihm macht etwas anderes mehr Sorgen als die Roten. Nämlich, wie sie an das Geld kommen, sobald Pearls Gruppe es gefunden hat. Nachdem, was Cocta von ihren Begleitern gesehen hat, sind das kampferprobte Typen, die wissen, wie man mit einem Schießeisen umgeht.

Aber alles zu seiner Zeit.

Sollen die erst einmal das Geld finden.

Cocta wünscht, er hätte eine Ahnung, wo Sturges die Beute versteckt hat. Aber der Kerl war ein verschlossener, misstrauischer Bastard. Cocta, Walon und Ernie hatten ihn oben in New Mexico kennengelernt, wo sie gemeinsam Rinder gestohlen hatten. Später trafen sie sich in Arizona wieder, wo Sturges, der in der Zwischenzeit als Pferdetrainer für die Armee gearbeitet hatte, ihnen die Idee unterbreitete, den Transport mit den Lohngeldern zu überfallen. Er war ein cleverer Kerl und hatte die Sache bis ins Detail geplant. Der Überfall gelang, aber die Armee nahm ihre Verfolgung schneller als erwartet auf.

Eine Abteilung Kavallerie trieb sie in einem Canyon in die Falle. Es gab nur einen Ausweg, eine schmale Felsspalte, durch die nur jeweils ein Reiter passte. Sturges entdeckte sie und ritt als Erster durch. Mit der Beute.

Ernie und Walon folgten ihm, während Cocta, der zweifellos der beste Schütze unter ihnen war, die Soldaten mit gezielten Schüssen in ihrer Deckung festnagelte. Als er dann selbst die Flucht ergreifen wollte, musste er feststellen, dass ein Querschläger sein Pferd getötet hatte. Er versuchte es zu Fuß, aber die Kavalleristen waren schneller.

Die Soldaten wollten wissen, wer seine Komplizen waren. Doch Cocta verlor kein Wort über Ernie und Walon, obwohl ein Geständnis seine eigene Strafe reduziert hätte.

Cocta Neal verpfiff keine Freunde. Auch wenn die so dämlich gewesen waren und Sturges nach der Flucht aus dem Canyon aus den Augen verloren hatten. Cocta vermutete, dass Sturges sich vor ihnen versteckt hatte, um die Beute nicht mit ihnen teilen zu müssen. Jedenfalls machte er nie Anstalten, seine Komplizen zu suchen, und blieb spurlos verschwunden.

Irgendjemand hatte ihn dann später erwischt, denn angeblich hatte man im Schädel seines Skeletts ein hübsches Einschussloch gefunden. Das hatte er höchstwahrscheinlich den Apachen zu verdanken.

Das Schicksal hat Cocta, Ernie und Walon zurück auf die Spur der Beute geführt, für die so hart gearbeitet haben. Und Cocta wird alles daran setzen, sie wiederzubekommen.

Ganz egal, wer dafür ins Gras beißen muss.

Cocta Neal hat noch nie ein Problem damit gehabt, jemanden über die Klinge springen zu lassen. Das würden ein halbes Dutzend Männer bezeugen, wenn Tote sprechen könnten.

15

Cooper's Well schmiegt sich im Spätnachmittagslicht an ein paar sanfte, busch- und baumbewachsene Hänge, bevor die Chiricahuas dahinter steil und schroff in den Himmel steigen. Ein halbes Dutzend hastig zusammengezimmerte, von der Sonne ausgebleichte Holzbauten, zwei davon nur noch verkohlte Ruinen. Die Reste eines Adobegebäudes mit halb eingefallenem Dach. Nichts davon in einem erkennbaren System angeordnet, abgesehen von dem aus klobigem Fels erbauten Brunnen, der ungefähr die Mitte der ausgestorbenen Minensiedlung bildet.

„Die haben hier ein Jahr lang Silber gefördert, immer die Angst vor den Apachen im Nacken", sagt La Fleur von seinem Kutschbock. Sie haben auf einer Anhöhe hinter einem Kiefernwald gehalten. „Dann haben sie nichts mehr gefunden und die Prospektoren haben sich so schnell wieder aus dem Staub gemacht, wie sie gekommen sind."

Der Weg, über den La Fleur sie zur Geisterstadt geführt hat, war lang, verschlungen und beschwerlich. Sie haben fünf Stunden gebraucht. Durch den Clarita Canyon wären es nur zwei gewesen, hatte La Fleur erklärt.

Jetzt treiben sie ihre Pferde langsam die Steigung hinab auf die Gebäude zu. Rondo hält die Winchester schussbereit quer über dem Sattel. Pearl reitet vor ihm, das blonde Haar flattert in einer Brise, neben ihr Yuma.

La Fleurs Kutsche rollt ein Stück versetzt mit angezogener Bremse den Hang hinab, die beiden Zugpferde stemmen sich schnaubend gegen die Steigung. Rondo hat die hasserfüllten Blicke des Händlers auf dem ganzen Weg hierher gespürt. Er wird La Fleur töten, sobald klar ist, das sie ihn nicht mehr brauchen.

Kurz darauf steigen sie neben dem Brunnen aus den Sätteln. La Fleur und der Indianerjunge klettern von der Kutsche.

Buck Masters lehnt sich schnaufend gegen die Brunnenwand. Schweiß rinnt über sein aufgedunsenes, von der Sonne gerötetes Gesicht.

Ein Wunder, dass er unterwegs noch nicht aus dem Sattel gekippt ist, so viel, wie er in sich reingeschüttet hat.

„Und Pearl? Wo finden wir das Geld?" Masters stellt die Frage, die ihnen allen auf der Zunge liegt.

Pearl zögert einen Moment, bevor sie antwortet: „In der Mine."

Alle folgen ihrem ausgestreckten Arm nach Süden den Hang hinauf. Dort oben kann man den Eingang zu einem Schacht erkennen. Und dass die tragenden Balken gebrochen sind. Gestein und Erde versperren den Zugang.

„Shit", sagt Masters. „Das riecht nach Arbeit."

„Kannst den Alkohol ausschwitzen, alter Mann", sagt Oli Parker, und sein Bruder stößt ein dämliches Lachen aus.

Masters zieht die geröteten Augen zusammen. „Halt dein Maul, Junge."

Olis, von spärlichen blonden Barthaaren bewachsene Lippe zuckt verächtlich. „Oder was?"

Masters stößt sich vom Brunnenrand ab. Seine rechte Hand schwebt über dem Griff des Colts an seiner rechten Hüfte. „Oder ich bringe dir Manieren bei."

„Buck ..." Pearl legt ihm eine Hand auf die Schulter. Sie blickt zu Oli Parker und seinem Bruder hinüber. „Wir sind alle müde und gereizt. Ruhen wir uns etwas aus, bevor wir anfangen."

Eine Stunde später arbeiten Rondo, Pearl, Yuma und Oli Parker mit bloßen Händen, Schaufeln und Spitzhacken daran, den Zugang zum Minenschacht freizuräumen.

Yuma wollte, dass auch La Fleur für seinen Anteil mitmacht,

aber der Händler hat sich mit den Schmerzen, die ihm sein geschwollenes Gesicht und die abgebrochenen Zähne bereiten, herausgeredet. Rondo kann ihn im Schatten der Kutsche sitzen sehen, wo er den gefangenen Apachen im Auge behalten soll, den Yuma an den Stamm eines Eukalyptusbaumes gefesselt hat.

Der Comanchenjunge füttert und striegelt die Pferde, für die sie aus ein paar losen Holzlatten einen kleinen Corral gebaut haben.

Ken Parker ist auf das Dach eines Holzgebäudes geklettert, was, der aus Fässern und Bohlen gezimmerten Bar im Innern nach zu urteilen, einmal so etwas wie der Saloon gewesen sein muss. Er behält den Kiefernwald, durch den sie gekommen sind und der laut La Fleur der einzige Weg nach Cooper's Well ist, im Auge.

Rondo vermutet allerdings, dass die Apachen, sollten sie es auf sie abgesehen haben, auch einen anderen Weg kennen, denn die Chiricahuas waren schon immer die Heimat des gleichnamigen Stammes. Zum Glück befinden sich die meisten von ihnen außer Victorios Bande inzwischen in den Reservaten weiter nördlich.

Buck Masters liegt im Saloon, wo er eingenickt ist, während sie sich vom langen Weg eine Weile ausgeruht und frisch gekochten Kaffee getrunken hatten. Sie lassen ihn seinen Rausch ausschlafen, in seinem Zustand wäre er sowieso keine große Hilfe.

Die Männer haben ihre Hemden ausgezogen. Ihre nackten Oberkörper glänzen feucht. Pearls Hemd und Unterhemd kleben schweißgetränkt an ihren Brüsten, was Oli Parker immer wieder zu lüsternen Blicken veranlasst, wenn er glaubt, dass ihn niemand beobachtet.

Die Luft ist nicht nur heiß, sondern auch extrem stickig; eine tiefdunkle Wolkenfront schiebt sich langsam von Süden über die Bergspitzen. Ein Blitz zuckt in der schwarzen Masse. Der Monsun. Es kann nicht lange dauern, bis er über sie hereinbricht.

16

„Das Geld ist in der Mine“, sagt Walon.

Cocta erwidert nichts.

Seine Augen verfolgen die Bewegungen des bärenhaften Mannes in der lumpigen Felljacke, der sich neben der Kutsche aufgerichtet hat.

Cocta kennt ihn. Sein Name ist Ray La Fleur.

Kurz bevor sie mit Sturges letztes Jahr den Geldtransport überfielen, waren Cocta, Ernie und Walon in Tucson. Cocta hatte sich in einem Puff mit einer schwindsüchtigen, aber außergewöhnlich hübschen Prostituierten namens Little Annie vergnügt, als es vor dem Haus zu einem lautstarken Streit kam.

Cocta blickte aus dem Fenster, ohne seinen Pimmel aus Little Annie zu ziehen. Er sah La Fleur, der sich mit der Betreiberin des Puffs in den Haaren lag. Der Händler weigerte sich, für die Dienste einer Nutte zu bezahlen, die seiner Meinung nach nicht geliefert hatte, was er sich wünschte. Die Betreiberin erwiderte, wenn ihm nach Exkrementen sei, solle er sich im Plumpsklo mit Scheiße einreiben, ihre Mädchen stünden für solche Schweinereien nicht zur Verfügung. Sie versuchte, La Fleur festzuhalten, als dieser auf seine Kutsche steigen wollte. La Fleur schickte sie mit einer harten Rückhand zu Boden.

Cocta Neal weiß selbst, dass er alles andere als ein Musterbeispiel der menschlichen Rasse ist, aber er ist kein Mann, der tatenlos zusieht, wenn eine Lady geschlagen wird.

Natürlich kann man darüber diskutieren, wie viel Lady in der Puffbetreiberin steckte, doch Cocta macht keinen Unterschied zwischen angeblich ehrbaren Bürgerinnen und einer Prostituierten. Eine Frau ist eine Frau und ein Mann hat sie mit Respekt zu behandeln.

Cocta verließ Little Annies gespreizte Beine und stürmte aus dem Haus.

Splitternackt.

Und mit seinem Schießeisen in der Hand.

Das hielt er La Fleur unter die Nase und forderte ihn auf zu bezahlen, was er der Puffmutter schuldete oder Cocta würde sein Gehirn über die Kutsche verteilen.

La Fleur war wütend, aber auch ein Feigling, das erkannte Cocta mit einem Blick. Der Händler drückte der Bordellbesitzerin widerwillig ein Bündel Dollarscheine in die Hand. Dann stieg er auf den Kutschbock und ließ seinen Frust an demselben Indianerjungen aus, den Cocta auch hier in der verlassenen Ortschaft sieht. La Fleur ohrfeigte den Jungen und trieb die Kutsche an. Die Bordellbesitzerin schenkte Cocta zum Dank eine Gratisnacht mit Little Annie.

Jetzt beobachtet Cocta aus der Deckung des Kiefernwäldchens, durch das sie zur alten Minenstadt gelangt sind, wie La Fleur einen Holzeimer vom Haken an der Kutsche nimmt. Er ruft dem Typen, der auf dem Dach des Gebäudes Wache hält, etwas zu, dann schleppt er seinen massigen Körper in nördliche Richtung davon. Irgendwo da, wo er hingeht, muss Wasser sein, schließt Cocta aus dem Eimer.

Er hat Ernie und Walon damals von dem Vorfall im Bordell erzählt. „Das ist der Typ aus Tucson. Der die Nutte nicht bezahlen wollte."

Walon runzelt die Stirn. „Was hat er mit denen zu schaffen?"

Das hat Cocta sich auch gefragt und eine Antwort gefunden: „Gar nichts. Ich glaube, die haben gestern seinen Hintern vor den Apachen gerettet."

Ernie verscheucht eine Fliege von seinem Gesicht. „Und warum nehmen sie ihn mit hierher?"

Auch darüber hat Cocta bereits nachgedacht. „Schätze, er hat sie hergebracht. Ich wette, La Fleur war schon mal hier, als sie noch Silber aus dem Berg geholt haben."

Walons Gesicht bleibt ausdruckslos. Er war nie besonders schnell im Denken.

Aber Ernie kapiert. „Du denkst, *er* ist die Schwachstelle, die wir brauchen."

Cocta nickt. Er kriecht vom Waldrand zurück, bis er sicher ist, dass der Typ auf dem Dach sie nicht mehr sehen kann, dann richtet er sich auf und klopft sich die Kiefernnadeln von den Hosenbeinen. Ernie und Walon sind ihm gefolgt.

Durch die Bäume sieht Cocta, wie La Fleur mit seinem Eimer hinter einem Hügel verschwindet. Wenn sie dem Wäldchen nach Osten den Hang hinab folgen, sollten sie hinter denselben Hügel gelangen. Und dort sicher den Bach oder die Wasserstelle finden, zu der La Fleur gerade geht.

„Walon, du bleibst bei den Pferden. Ernie, komm mit." Cocta geht los, ohne auf eine Erwiderung zu warten.

„Und wenn Apachen kommen?" Panik schwingt in Walons Stimme mit.

„Dann lädst du sie zum Essen ein", erwidert Cocta, ohne sich umzudrehen, und Ernie kichert.

17

„Das Geld ist in der Mine“, sagt Chato.

Lozen erwidert nichts.

Ihr Blick ruht auf Kuruk, der mit ausgestreckten Beinen und auf die Brust hängendem Kopf vor dem Baum sitzt, an den die Weißen ihn gefesselt haben. Er ist nackt bis auf seinen Lendenschurz und die hochhackigen Mokassins. Seine Seite und der linke Arm sind bandagiert. Wenigstens das haben die Weißaugen für ihn getan.

Vor wenigen Minuten ist La Fleur mit einem Eimer davongegangen. Lozen und Chato, die am Westrand des kleinen Talkessels liegen, kennen den Gebirgsbach, zu dem er geht. So wie sie den schmalen Pfad zur Siedlung kennen.

Als sie den Bärenfelsen erreichten, war ihnen klar gewesen, dass die Weißen zur alten Minenstadt wollten, die die *Americanos* vor Jahren im Gebiet der Apachen aus dem Boden gestampft hatten. Die Chiricahuas hatten ihnen das Leben schwer gemacht, aber aufgegeben hatten die Weißaugen erst, als sie kein Silber mehr in den Löchern fanden, die sie in den Fels gebohrt hatten.

Lozen, Chato und ihre Krieger waren vor den Weißen hier gewesen und hatten ihre Ankunft im Tal beobachtet. Sie wissen auch, dass die drei anderen Weißen sich oben im Kiefernwald versteckt halten und genau wie sie die Geisterstadt beobachten.

Jetzt bemerkt Lozen, dass sich einer der Männer, die oben am Minenschacht mit Werkzeugen arbeiten, auf den Rückweg zu den Häusern macht. Ein dürrer, junger Kerl mit den gelben Haaren der Weißaugen. Gelbe Haare faszinieren Lozen. Ganz besonders die der weißen Frau, die mit den anderen Männern am Eingang zur Mine zurückgeblieben ist. Es sind dieselben Männer, die La Fleur zur Hilfe gekommen sind. Einer von ihnen ist derjenige, der sie geschlagen hat.

Der junge Weiße ist vor Kuruk stehengeblieben. Lozen sieht, wie ihr Cousin den Kopf hebt. Der Weiße spricht mit ihm. Dann geht er in die Hocke. Eine Hand gleitet auf seinen Rücken. Die Finger ziehen ein Messer aus seiner Scheide.

Angst um Kuruk presst ihr Herz zusammen.

Die Spitze des Messers drückt sich gegen Kuruks Brust.

Ihr Cousin verzieht keine Miene.

Er hat keine Angst vor den Weißen, und er hat keine Angst vor dem Tod. Das erfüllt Lozen mit Stolz.

Aber *ihre* Angst um Kuruk bleibt.

Der Weiße mit den gelben Haaren lächelt, als er mit seinem Messer einen blutigen Schnitt über Kuruks Brust zieht. Lozens Cousin zuckt zusammen.

Sie schnauft und ihre Finger schließen sich fester um den Spencer-Karabiner. Sie presst den Kolben in ihre Schulter und nimmt den Weißen ins Visier.

Chatos Hand drückt den Lauf der Waffe nach unten. „Noch nicht."

Sie starrt ihn an. „Siehst du nicht, was er tut?!" Sie nickt Richtung Minenschacht. „Du weißt, wo das Geld ist. Wir müssen nicht mehr warten."

Chatos Augen funkeln hart. „Wir warten."

Alles in ihr sträubt sich. Sie will sich widersetzen. Sie ist Lozen. Victorios Schwester. Kriegerin. Niemand kann ihr etwas verbieten.

Aber sie weiß auch, was das Geld und die Waffen, die sie damit kaufen können, für den Überlebenskampf der Apachen bedeuten.

Unten bäumt sich Kuruks Körper in seinen Fesseln auf, als

das Weißauge die Messerklinge zum zweiten Mal über seinen Brustkorb zieht. Noch mehr Blut fließt.

Vergib mir, Kuruk.

Ihre Augen brennen vor Wut, als sie das Gewehr von der Schulter nimmt und ihren Blick abwendet.

18

Kurz nachdem Oli Parker verkündete, dass er die Nase für heute voll hat und nach unten ging, beenden auch Rondo, Yuma und Pearl ihre Plackerei. Die schwüle Luft ist unerträglich geworden. Die Gewitterwolken türmen sich am Himmel über ihnen auf wie überdimensionale Büffel und verdunkeln das Tal.

Rondos Körper fühlt sich an, als hätte man ihn mit heißem Wasser übergossen.

Er ist erstaunt, mit welcher Ausdauer Pearl geschuftet hat. Das blonde Haar klebt nass in ihrem Gesicht und auf ihrem schweißdurchtränkten Oberteil. Ihre Finger und ihr Gesicht sind schmutzig, ihre Wangen und Nase von der Sonne verbrannt. Im Gegensatz zu Männern wie Rondo und Yuma legt Pearl unter normalen Umständen sicher Wert darauf, ihre Haut vor der Sonne zu schützen. Eine Tänzerin möchte nicht so frühzeitig gealtert und verhärmt aussehen wie die Frauen auf den Farmen und Ranches, die ihr halbes Leben im Freien verbringen.

Rondo spürt Yumas Blick auf sich. Er hat bemerkt, wie Rondo Pearl gemustert hat und sein brennender Blick ist eine weitere stumme Warnung, dass er Pearl als sein Eigentum betrachtet.

Dann hören sie das schmerzerfüllte Grunzen.

Es ist der gefangene Apache. Er will seinem Peiniger nicht

die Genugtuung geben zu schreien, aber die Schmerzen sind einfach zu groß geworden.

Blut aus mehreren tiefen Schnitten läuft die nackte Brust des Indianers hinab. Oli Parker setzt sein Messer erneut an, als Yumas Stimme ihn den Kopf drehen lässt.

„Oli! Was soll der Scheiß?!"

Der junge Mann lächelt, in seinem Blick nicht der Hauch von Schuldgefühlen. Von *irgendeinem* Gefühl. „Mir war langweilig–"

„Du kranker Hurensohn!"

Stiefel knirschen auf dem Boden. Oli Parker wirbelt herum, was ein Fehler ist. Er hätte besser den Kopf eingezogen. Jetzt trifft ihn der Colt, mit dem Buck Masters ausgeholt hat, mitten im Gesicht.

Rondo hört Olis Nasenbein brechen. Blut schießt über das Gesicht des Zwillings, während er der Länge nach in den Staub schlägt.

Buck Masters bleibt breitbeinig über ihm stehen und spannt den Hahn des Revolvers, von dem Olis Blut tropft.

„Nein!", schreit Pearl. Sie meint nicht Buck, sondern Ken Parker, der sich auf dem Dach des Saloons erhoben hat und den Lauf seines Gewehrs auf Buck Masters Rücken richtet.

Yuma baut sich hinter dem benommen am Boden liegenden Oli auf und sieht Buck Masters in die Augen. „Die Waffe weg!"

Rondo ist stehengeblieben. Die Linke dicht am Griff seines Colts. Er weiß, für wen seine Kugel bestimmt ist, sollte es zu einer Schießerei kommen.

Masters hält die Waffe auf den Parker-Zwilling gerichtet. „Du verrückter Bastard!"

„Was schert dich der rote Hund?"

Masters erwidert nichts. Sein Blick wandert von Oli zu Yuma, dann zu Pearl und Rondo.

Schließlich lässt er den Hammer seiner Pistole langsam wieder nach vorne klicken. Schiebt die Waffe ebenso langsam zurück ins Holster.

Rondo sieht, wie Ken Parker daraufhin sein Gewehr von der Schulter nimmt.

Oli richtet sich schwankend auf. Das Blut aus seiner angeschwollenen Nase tropft von seinem Kinn aufs Hemd. „Der alte Sack hat mir die Nase gebrochen."

„Halt's Maul, Oli", fährt Yuma ihn an. Er zeigt auf den blutüberströmten Apachen. „Was sollte das?"

„Mir war langweilig, hab ich doch gesagt."

„Wenn dir das nächste Mal *langweilig* ist, blase ich dir den Schädel höchstpersönlich weg."

Oli schüttelt den Kopf. „Wusste nicht, dass hier alle plötzlich Apachenfreunde sind." Er wendet sich ab und stapft auf wackeligen Beinen zum Saloon.

„Der Junge ist nicht ganz richtig im Kopf", sagt Buck Masters, als Oli im Gebäude verschwunden ist. Er sieht zu ihrem Gefangenen, der sie schwer atmend und mit hasserfülltem Blick anstarrt. „Jemand muss die Blutung stillen."

„Lass dich nicht aufhalten", erwidert Yuma.

Rondos Aufmerksamkeit ist zur Kutsche gewandert, wo sich sein Blick mit dem des Comanchenjungen trifft, der von den Pferden zurückgekehrt ist.

„Wo ist La Fleur?"

19

La Fleur hat den Eimer ins Wasser des Bachs getunkt und wartet hockend darauf, dass er sich füllt. Die Luftfeuchtigkeit ist so hoch, dass ihm sogar das Atmen schwerfällt. Er schwitzt aus jeder Pore seines klobigen Körpers. Kann nicht mehr lange dauern, bevor die tiefschwarzen Wolken über ihm sich öffnen und das ausgetrocknete Land für kurze Zeit in ihren Fluten ertränken.

Als er den kalten Stahl der Revolvermündung im Nacken spürt, denkt er ersten Moment an Lozen und die Apachen.

Dann sagt eine Stimme: „Hallo, La Fleur."

Erleichterung durchströmt ihn, gefolgt von dem Gedanken, dass er die Stimme schon einmal irgendwo gehört hat.

Der Revolver verschwindet aus seinem Nacken.

Er dreht sich langsam um.

Zwei Männer. Einer mittelgroß, von Kopf bis Fuß in Schwarz gekleidet, mit zwei Holstern an den Hüften. Der Wanst des Zweiten wölbt sich unter einem fleckigen Hemd über seinen Revolvergurt. Er grinst spöttisch und zeigt dabei eine Lücke zwischen den Schneidezähnen.

La Fleur erkennt den Mann in Schwarz wieder. Als er ihn das letzte Mal sah, war der Scheißkerl splitternackt. Und drückte ihm eine Knarre ins Gesicht. Das Bordell in Tucson ...

Wo kommt der plötzlich her?

Und was tut er hier?

„Ich habe mich damals gar nicht vorgestellt. Mein Name ist Cocta Neal. Das ist mein Compadre Ernie." Cocta Neals Augen verengen sich, als er seinen Blick über La Fleurs Gesicht streichen lässt. „Du meine Güte, da hast du aber mächtig Prügel bezogen."

Ja, denkt La Fleur, und dieser Hurensohn Rondo wird noch dafür bezahlen. Er drückt sich schwerfällig aus den Knien nach oben und stellt den mit Wasser gefüllten Holzeimer zwischen seinen Beinen ab.

Cocta Neal klopft ihm mit dem Lauf des Revolvers vor die Brust. „Jetzt glotz nicht so verwirrt, ich bin mir sicher, wenn du kurz nachdenkst, ist dir klar, warum wir hier sind und was wir wollen."

La Fleur schluckt.

Sie wissen von dem Geld.

Er hat keine Ahnung, woher, aber sie müssen Pearl und ihre Begleiter von Anfang an verfolgt haben.

„Sie haben dir Geld versprochen, weil du sie hergeführt hast, richtig?"

La Fleur nickt.

„Von uns kriegst du das Doppelte. Aber dafür musst du uns helfen."

Das Doppelte klingt nicht schlecht, denkt La Fleur. Zumal Cocta Neal nicht mal weiß, wie viel Pearl ihm versprochen hat. Die Summe kann er also beliebig erhöhen.

„Was soll ich tun?"

„Eins vorneweg. Versuch nicht, uns zu bescheißen. Wenn du den anderen von uns erzählst, werde ich dich finden. Und du wirst dir wünschen, die Apachen hätten dich zu Tode gefoltert."

La Fleur weiß nicht, ob er dem Mann namens Cocta Neal vertrauen kann. Aber genauso wenig weiß er, ob er Pearl vertrauen kann. Und schon gar nicht diesem langhaarigen Typen namens Yuma. Der wird ihn lieber abknallen, als etwas von der Beute abzugeben.

La Fleur hat nichts zu verlieren.

„Ich werde euch nicht bescheißen."

Cocta schiebt den Colt zurück in sein leeres Holster. „Gut, dann überlegen wir uns jetzt, wie du uns helfen kannst–“

La Fleur zeigt auf eine Pflanze mit trichterförmigen weißen Blüten, die am Ufer des Creeks wächst. „Nicht nötig. Ich habe schon eine Idee ...“

20

Buck Masters hat mit Pearls Hilfe den Oberkörper des Apachen bandagiert. Dazu mussten sie seine Fesseln lösen, und Rondo hat den Roten solange mit dem Revolver in Schach gehalten.

Die Nacht hat sich über das Tal gelegt und Buck Masters verschnürt gerade die Arme ihres Gefangenen wieder hinter dem Baumstamm, als der Monsun über sie hereinbricht. Es ist, als würde jemand einen gigantischen Wassertank entleeren. Die verfallenen Gebäude der Geisterstadt werden noch geisterhafter, als sie hinter einem dichten Schleier aus wuchtig prasselndem Regen verschwinden. Es ist die Art von Regen, der ausgetrocknete Flussbetten von einem Moment zum nächsten in reißende Strömungen verwandelt.

La Fleur, der mit einem Eimer Wasser zurückgekehrt war, kurz nachdem Rondo sein Verschwinden bemerkt hatte, flüchtet sich in die Kutsche. Der Indianerjunge hat sich darunter verkrochen.

Buck Masters stampft fluchend zum Saloon, in dem Yuma und Oli Parker vor einer Weile bei Kerzenlicht begonnen haben, ihre Waffen zu reinigen.

Rondo hört Ken Parker fluchen und hektisch vom Dach klettern. Alle haben ihre Sättel und das Gepäck im alten Saloon untergebracht. Nur Rondo hat sein Lager in dem halb verfallenen Adobegebäude auf der gegenüberliegenden Seite der

Ortschaft aufgeschlagen. Vorher musste er eine Klapperschlange davon überzeugen, sich ein anderes Zuhause zu suchen.

Wasser spritzt unter seinen Stiefeln hervor, als er durch den rauschenden Regen hastet, der den ausgedörrten Boden in Schlamm verwandelt, um unter dem verbliebenen Teil des Daches Schutz zu suchen.

Er hat angenommen, Pearl wäre wie Buck Masters zum Saloon gerannt, aber als er in der Ruine den durchnässten Hut vom Kopf zieht, stellt er fest, dass sie ihm gefolgt ist. Ihre Kleidung ist so nass, als wäre sie in einen See gesprungen. Seine auch.

Ihre Blicke treffen sich.

„Yuma wird dich vermissen."

„Das ist sein Problem."

Sie knöpft ihr Hemd auf und zerrt den nassen Stoff von ihrem Oberkörper. Reitstiefel und Hose folgen. Zuletzt die Unterwäsche.

Rondo starrt mit pochendem Herzen auf Pearls nackten Körper. Er erinnert sich an die Nächte in seinem kleinen Zimmer hinter dem Saloon von Tony Legg. Das liegt so viele Jahre zurück, und trotzdem ist es in diesem Moment, als wäre es gestern gewesen.

Sie bewegt sich auf ihn zu.

Regenwasser tropft von ihren Brüsten.

Rinnt ihre Schenkel hinab.

Rondo hat keine Angst vor Yuma, aber er möchte nicht mit, im wahrsten Sinne des Wortes, heruntergelassenen Hosen erwischt werden.

Pearl schert das nicht. Sie presst sich an ihn. Ihre Zunge bohrt sich in seinem Mund. Sie riecht nach Schweiß und Staub und trotzdem so verdammt gut.

Ihre Finger öffnen seinem Waffengurt.

Er fällt zu Boden.

Sie reißt seine Hose grob nach unten.

Sollte Yuma jetzt aus dem Regen kommen, hätte Rondo keine Chance, an seinen Revolver zu gelangen.

Trotzdem krallt er seine Hände in Pearls nackte Pobacken und hebt sie hoch. Sie schlingt die Beine um seine Hüften. Er stößt sie gegen die raue Wand. Sie stöhnt und beißt so fest in sein Ohr, dass es zu bluten beginnt.

Ihr Atem ist so heiß wie der Wüstenwind. „Ich bin so froh, dass ich dich wiedergefunden habe."

Und dann, als sie sich miteinander zu bewegen beginnen: „Das Geld ist nicht in der Mine ..."

21

Buck Masters fragt sich, was in diesem Jungen kaputt sein muss, dass es ihm Freude bereitet, andere Menschen zu quälen.

Mir war langweilig.

Die Apachen mögen Wilde sein, aber sie sind Menschen. Und selbst wenn sie die Tiere wären, als die viele Leute sie bezeichnen: Kein Lebewesen verdient es, gequält und gefoltert zu werden.

Der Anblick von Oli, der den gefangenen Apachen mit dem Messer malträtierte, hatte Bucks Blut zum Kochen gebracht. Wahrscheinlich hätte er Oli Parker erschossen, wenn Pearl und Yuma nicht dazwischengegangen wären.

Nicht, dass es *ihm* Freude bereiten würde, einen Menschen zu töten.

Buck wird nie den Anblick der jungen Frau vergessen, die mit seiner Kugel in der Brust sterbend vor ihm lag, als er in Abilene die drei randalierenden Cowboys zur Raison brachte. Die Männer hatten zu viel getrunken und ziellos um sich schießend die Sicherheit aller Passanten gefährdet. Statt seiner Aufforderung zu folgen, ihre Waffen abzulegen, begannen sie, auf ihn zu schießen. Buck ist ein schneller und guter Schütze. Doch er war selbst angetrunken, als er das Feuer der Cowboys erwiderte.

Er erwischte zwei der betrunkenen Männer mit einer Kugel. Tödlich. Für den dritten brauchte er drei Kugeln. Eine davon verfehlte den Cowboy und traf eine junge Frau namens Natalie Wolstock, die von ihrer Arbeit in einem Restaurant nach Hause ging, in die Lunge.

Buck hielt ihre Hand, während sie verzweifelt nach Luft schnappend auf dem Boden lag und Blut über ihre Lippen schäumte. Er hatte ununterbrochen: „Es tut mir so leid, es tut mir so leid", geflüstert, selbst dann noch, als das Mädchen längst tot war und ihn sein Deputy wegführte. Am nächsten Tag wurde Buck vom Bürgermeister seines Postens als Sheriff enthoben.

Seitdem sieht Buck das Gesicht der sterbenden Natalie Wolstock, sobald er die Augen schließt. Das Einzige, was ihm dagegen hilft, ist der Alkohol. Ihm ist klar, was er sich damit antut, aber sein Wille ist zu schwach, um etwas daran zu ändern.

Jetzt sitzen Oli und sein Bruder Ken, an ihre Sättel gelehnt, am anderen Ende des alten Schankraums am Boden. Sie tuscheln miteinander und manchmal blicken sie zu ihm rüber. Er wird sich vor den Brüdern in Acht nehmen müssen. Verschlagene, kleine Hurensöhne.

Yuma hat sich mit seiner Schrotflinte am Fenster positioniert, durch das er die Pferde im strömenden Regen im Auge behalten kann. Es heißt, die Apachen greifen niemals bei Dunkelheit an, aber wer will sich schon darauf verlassen. Sobald der Monsun weiterzieht, muss wieder einer von ihnen raus aufs Dach, um Wache zu halten.

Der Regen hat ihn auf dem kurzen Weg zum Saloon bis auf die Hut durchnässt, und Buck wechselt gerade sein Hemd, als Yuma sich aufrichtet.

„Masters, wirf ein Auge auf die Pferde." Die Schrotflinte in beiden Händen, durchquert Yuma den Raum Richtung Tür.

Seit erst Oli und kurz darauf Buck vor wenigen Minuten aus dem Regen in das Gebäude hasteten, hat er vergeblich darauf gewartet, dass Pearl ihnen folgt und ist mit jeder Minute, die sie fernblieb, unruhiger geworden.

Rondo hatte sich bei ihrer Ankunft in Cooper's Well abgesondert und sein Lager drüben in dem Adobegebäude aufgeschlagen. Genau dort wird Pearl jetzt sein. Was immer sie und Rondo in der Vergangenheit hatten, war garantiert mehr als reine Freundschaft, daran gibt es für Buck keinen Zweifel.

Pearl ist eine Frau, die die Kerle in ihren Bann zieht und die meisten in willenlose Schwachköpfe verwandeln kann. Schon beeindruckend, was eine attraktive Frau für eine Macht über Männer ausübt. Als Buck Pearl kennenlernte, arbeitete er als Begleitschutz für ein Postkutschenunternehmen und sie war Passagierin.

Alter schützt vor Torheit nicht, sagt man, aber Buck machte sich von Anfang an keine Illusionen, dass er Pearl jemals nackt sehen würde. Sie mochte ihn, wie sie einen älteren Bruder oder Onkel mochte. Das war okay für ihn.

Er hat sich schon lange damit abgefunden, dass er alleine sterben wird, ohne einen Menschen, dem sein Ableben irgendetwas bedeutet. Er hofft nur, dass es eine schnelle Kugel ist, die seinem Leben ein Ende bereitet, und dass ihm ein langsamer, einsamer Tod in einem wanzenverseuchten Bett erspart bleibt.

Im Gegensatz zu Buck ist Yuma Madigan so naiv zu glauben, dass Pearl ihm gehört. Aber eine Frau wie Pearl gehört nur sich selbst. Ganz sicher spürt Yuma das, und es macht ihn rasend. So rasend wie der Gedanke, dass Pearl jetzt allein mit Rondo draußen im Monsun ist.

Buck ist ans Fenster getreten, hinter dem ihre Pferde mit hängenden Köpfen im unablässig vom Himmel prasselnden Regen stehen. Er sieht zur Tür. Yuma steht unter dem durchhängenden Vordach, durch dessen Ritzen das Wasser auf seinen Kopf und seine Schultern tropft.

Er starrt angestrengt in den Regen hinaus. Das Adobegebäude am anderen Ende des Dorfes lässt sich hinter der dichten Regenwand nur erahnen.

Buck kennt Rondos zweifelhaften Ruhm. Wenn er darauf wetten sollte, wer von den beiden als Sieger aus einem Kampf hervorgeht, würde er seine Dollars wahrscheinlich auf den schweigsamen Revolvermann setzen. Andererseits trifft jeder irgendwann seinen Meister. Und niemand ist gegen eine Kugel gefeit, die ihn von hinten oder in einem unvorbereiteten Moment trifft.

Noch während Buck diese Gedanken durch den Kopf gehen, tritt Yuma unter dem Vordach hervor hinaus in den Regen.

22

Nur noch wenige Meter, dann hat Lozen den Baum, an den sie Kuruk gefesselt haben, erreicht.

Als der Himmel seine Tore öffnete und die Landschaft mit Regen zu überfluten begann, sah sie das als Zeichen von Ussen. Eine bessere Gelegenheit, ihren Cousin zu befreien, würde sie nicht mehr bekommen. Hinter den mächtigen grauen Wasserschleiern des Monsuns würden die Weißaugen sie nicht bemerken.

Während Chato und die anderen Krieger unter Bäumen und Felsvorsprüngen Schutz suchten, setzte sie sich unbemerkt von ihnen ab. Sie arbeitete sich erst geduckt und später auf dem Bauch den steilen Westhang hinab.

Ihr Lederkleid und die Mokassins haben sich mit Regenwasser vollgesaugt, die Haare kleben nass an ihrem Schädel, als sie sich jetzt langsam wieder auf die Knie drückt. Den Spencer-Karabiner in der Linken, zieht sie mit der Rechten ihr Messer aus dem Gürtel.

Hinter dem Baum mit Kuruk kann sie ein oder zwei Gebäude schemenhaft im Regen ausmachen. Und die Pferde der Weißen zu ihrer Linken. Sie könnte versuchen, die Tiere fortzutreiben, aber das würden die Weißaugen bemerken. Außerdem weiß sie nicht, wie viel Kraft Kuruk noch geblieben ist.

Nein, das Einzige, was zählt, ist ihr Cousin.

Lozen gleitet lautlos auf den Baum und Kuruk zu. Selbst

wenn sie jetzt auf einen Ast treten sollte, würde das der rauschende Regen übertönen. Eigentlich wären der Monsun und die Nacht die ideale Kombination, um über die Weißen herzufallen. Aber Apachen kämpfen ungern bei Nacht. Sie gehört den bösen Geistern und den giftigen Tieren wie der verhassten Schlange, die in der Dunkelheit besonders aktiv sind.

Kuruks Kinn ist auf die Brust gesackt. Seinen Augen sind geschlossen. Lozen berührt seine Schulter. Es dauert einen Moment, bevor sich sein Kopf hebt und zu ihr dreht. Seine Augen sind stumpf, der Schmerz seiner Wunden hat sich in seine Gesichtszüge gebrannt. Trotzdem lächelt er bei ihrem Anblick.

Lozen schiebt die Klinge unter das Seil, mit dem seine Handgelenke hinter dem Baum zusammengebunden sind. Wenige Augenblicke später ist Kuruk frei.

Lozen gleitet neben ihn. „Kannst du gehen?"

Er nickt.

Sie hilft ihm auf die Beine. Er schwankt und sie muss ihn stützen. Die Bandagen, die die Weißen ihm angelegt haben, sind bereits wieder dunkel von dem Blut, mit dem sie sich vollgesaugt haben.

Dann dringt das schmatzende Geräusch von Schritten auf dem aufgeweichten Boden an Lozens Ohren.

Kuruk hat sie auch gehört. Beide halten inne.

Die Umrisse einer Gestalt bewegen sich nur wenige Schritte entfernt durch die Dunkelheit.

Lozen will Kuruk mit sich in die Knie ziehen, aber es ist zu spät.

Die Gestalt stoppt.

Der Schatten einer Waffe, die in ihre Richtung schwenkt.

Dann übertönt das Krachen einer Schrotflinte den trommelnden Regen und Lozens Beine werden mit einem Ruck unter ihr fortgerissen.

23

Das Blut rauscht so laut in seinen Ohren wie der vom Nachthimmel prasselnde Regen. Er hat versucht, die aufsteigende Eifersucht zu unterdrücken, aber je mehr Zeit verstrich, ohne dass Pearl in den Saloon zurückkehrte, desto unüberwindbarer wurde sie für ihn.

Eigentlich sollte er nur an das Geld denken. An nichts anderes. Aber Pearl hat etwas mit ihm gemacht.

Er will sie.

So sehr, wie er noch nie zuvor eine Frau gewollt hat.

Yuma wusste von Anfang an, dass er für Pearl nur Zeitvertreib ist, einer von vielen Männern, denen sie sich hingibt, wenn ihr danach ist oder sie sich einen Vorteil davon verspricht.

Aber er kann nichts gegen seine Gefühle tun. Gegen das Verlangen nach ihr und den unbändigen Wunsch, sie für immer zu besitzen.

Er hatte kein Problem damit, dass sie nach Fort Bowie ritt, um mit Lieutenant Tyreen zu vögeln. Das musste sie tun, um an die Karte zu gelangen. Schließlich hätte ohne ihre Affäre mit dem Offizier niemand von der Existenz der Karte und dem Versteck der Beute erfahren.

Aber als sie mit ihrem alten Freund Rondo im Schlepp zurückkehrte, hätte Yuma den Typen am liebsten auf der Stelle abgeknallt. Nicht nur, weil er die Beute nicht noch mit jemand Weiterem teilen will. Nein, er hat sofort gespürt, dass da noch etwas zwischen den beiden ist, auch wenn Pearl ihm das Gegenteil versichert hat und Rondo sich Mühe gibt, so zu tun, als hätte er kein Interesse an ihr.

Yuma wusste die ganze Zeit, dass er Rondo früher oder später töten würde.

Dieser Zeitpunkt ist jetzt gekommen.

Die Vorstellung dessen, was die beiden womöglich gerade in der Ruine treiben, lässt sein Herz rasen, als er durch den Regen stapft, ohne ihn zu spüren. Ein Finger um den Abzug der Schrotflinte gekrümmt, mit deren Ladung er Rondo den Kopf wegblasen wird.

Er hat den halben Weg hinter sich gebracht und die Umrisse der Adoberuine schälen sich vor ihm aus dem Regen, als er aus den Augenwinkeln etwas bemerkt.

Er weiß nicht, was es ist, aber er dreht reflexartig den Kopf.

Zwei Gestalten am Baum, an den sie ihren Gefangenen gefesselt haben. Für einen kurzen Augenblick denkt Yuma, dass Oli Parker zurückgekehrt ist, um dem Apachen den Rest zu geben.

Aber dann erkennt er die langen Haare.

Die Apachen sind hier.

Sie versuchen, ihren Bruder zu befreien.

Yuma stoppt und schwenkt die Schrotflinte herum.

Sein Finger krümmt sich um den Abzug.

24

Als der Knall der Schrotflinte die Nacht zerreißt, rutschen Pearls Beine von Rondos Hüften. Sie stolpert nach hinten, während er bereits seine Hose hochzieht und sich nach seiner Pistole bückt.

Er presst sich an die Wand neben eins der unverglasten Fenster. Sieht Yuma, der breitbeinig zwischen dem Saloon und der Ruine steht. Im schwächer werdenden Regen folgt Rondos Blick dem Doppellauf von Yumas Schrotflinte.

Zwei Gestalten, die sich stolpernd wieder auf die Beine kämpfen. *Die Apachen versuchen, den Gefangenen zu befreien.*

Die Schrotflinte kracht erneut, die Gestalten werden von der Nacht verschluckt.

Pearl hat sich ihr Hemd überzogen. Ihre Brüste baumeln zwischen den geöffneten Knöpfen, als sie ungefragt nach Rondos Winchester greift, die neben seinem Sattel an der Wand lehnt.

„Bleib hier." Rondo hechtet über einen Teil der zusammengebrochenen Mauer. Die Ruine ist jetzt zwischen ihm und Yuma. Er ahnt, dass Yuma unterwegs zu ihnen war, als er die Apachen entdeckte.

Vom Saloon dringt Oli Parkers Stimme durch die Dunkelheit. „Yuma! Alles okay? Yuma?"

„Apachen!"

Ein Schuss peitscht, Mündungsfeuer blitzt.

Rondo hört Yuma fluchen. Er verlässt die Deckung der Ruine und hastet geduckt in die Richtung, in die die Apachen verschwunden sind und wo das Mündungsfeuer aufgeblitzt ist.

Dann sieht er sie.

Ein Stück weiter den Hang hinauf, huschen sie aus dem Schatten eines Manzanitabaumes. Der eine stützt den anderen, dessen Beine immer wieder nachgeben. Die Apachen bemerken ihn im selben Moment wie er sie. Der eine lässt den Verletzten zu Boden sinken und reißt das Gewehr hoch.

Rondo erkennt sie wieder.

Es ist die Frau von gestern.

Die Kriegerin.

Einen kurzen Moment blicken die beiden sich in die Augen.

Hallo, Lozen.

Sie feuern gleichzeitig.

Er spürt das Geschoss durch sein Hemd heiß über seine rechte Seite sausen, bevor es hinter ihm durch die Blätter eines Busches schlägt.

Er sieht, wie Lozen zusammenzuckt. Er hat sie getroffen. Sie schwankt. Aber zu seinem Erstaunen zerrt sie den verletzten Krieger wieder auf die Beine und schleppt ihn mit sich den Hang hinauf.

Noch während Rondo darüber nachdenkt, ob er den Fliehenden in den Rücken schießen soll, kommt Yuma mit der Schrotflinte in der einen und seinem Colt in der anderen Hand aus der Dunkelheit auf ihn zu. Rondo dreht sich um und lässt Yuma in die Mündung seines Colts blicken, sein Finger um den Abzug gekrümmt.

Yuma bleibt stehen. Das lange Haar hängt nass und strähnig vor seinem Gesicht. Wasser tropft aus seinem Bart. Der Dunkelheit zum Trotz, erkennt Rondo das eifersüchtige Funkeln in Yumas Augen.

„Wo ist Pearl?“

„In der Ruine.“

Yuma erwidert nichts. Sein Blick gleitet den Hang hinauf, wo Finsternis und Regen die beiden Apachen verschluckt haben.

„Sie sind weg“, sagt Rondo.

Yuma zuckt mit den Schultern. „Scheiß drauf.“

Erst, als er den Colt zurück ins Holster schiebt und die Schrotflinte sinken lässt, nimmt Rondo den Finger vom Abzug.

„Ich übernehme die nächste Wache", sagt Rondo. „Einer von den anderen soll mich um Mitternacht ablösen."

Yuma nickt wortlos.

Als sie die Gebäude erreichen, hat der Regen so plötzlich wieder aufgehört, wie er über sie hereingebrochen ist.

Pearl steht im leeren Türrahmen der Adoberuine. Komplett bekleidet und mit Rondos Winchester in den Händen. „Was ist passiert?"

„Der Apache ist abgehauen", sagt Yuma. Er durchbohrt sie mit seinem Blick. „Kommst du rüber?" Eine als Frage formulierte Aufforderung.

„Ich komme."

Als sie an Rondo vorbeigeht, drückt sie ihm mit einem Lächeln die Winchester in die Hand. „Danke."

25

Als sie Kuruks Körper keuchend von der Schulter zu Boden gleiten lässt, ist er bereits tot. Die erste Schrotladung hatte ihn in die Brust getroffen und sie mit zu Boden gerissen, die zweite hat seinen Oberschenkel zerfetzt. Er ist verblutet, während Lozen ihn den Berg hinaufschleppte, nachdem er nicht länger laufen konnte.

„Das war dumm von dir“, sagt Chato, ohne den Blick von Kuruks blutüberströmter Leiche zu heben.

„Ich habe getan, was ich tun musste.“

„Jetzt wissen die *Americanos*, dass wir hier sind.“

„Das wussten sie die ganze Zeit.“

Chatos Wut schert sie nicht. Aber der Gedanke, dass sie ihren Cousin getötet hat, statt ihn zu retten, lodert so heiß und schmerzlich in ihr, als hätte man ihr einen brennenden Ast in die Kehle gesteckt.

Sie spürt die Blicke der anderen Krieger, als sie mit vor Anstrengung zitternden Beinen neben Kuruk auf die Knie sinkt. Sie schließt mit einer Hand seine starren Augen. Tränen rinnen warm über ihr Gesicht. Sie blickt zum Himmel und beginnt, ein leises Totenlied zu summen. Der Wind hat die Monsunwolken weiter nach Norden getrieben und Platz für die unzähligen, funkelnden Sterne geschaffen, zu denen Kuruks Seele bald aufsteigen wird, an einen Ort ohne Krieg und ohne Krankheit, einen Ort des ewigen Friedens.

Lozens linker Arm brennt, wo die Revolverkugel des Weißauges eine blutige Furche durch Haut und Fleisch gerissen hat. Dasselbe Weißauge, dem sie gestern in den Ausläufern der Chiricahuas gegenübergestanden hat. Sie hat ihm vorhin in die Augen gesehen und sie weiß nicht warum, aber noch während sie den Finger um den Abzug ihres Gewehrs krümmte, um ihn zu töten, verspürte sie eine seltsame Vertrautheit. Sie versteht nicht, woher diese kommt und was sie bedeutet. Aber das muss sie auch nicht, denn morgen wird er sterben.

So wie alle anderen dort unten in der alten Stadt.

26

La Fleur saß in der Kutsche, betäubte die Schmerzen, die ihm seine abgebrochenen Zähne bereiteten, mit Whiskey und zerstampfte dabei die weiße Blüte der *Toloache* zu Pulver, das er anschließend unter den Kaffee mischte.

Dann fielen die Schüsse.

Panik erfasste ihn. Waren das die Apachen? Seiner Angst zum Trotz, steckte er den Kopf aus der Tür hinaus in den Regen und sah die Umrisse von Yuma Madigan und Rondo.

Er sah auch, dass der gefangene Apache verschwunden war.

Rondo und Yuma hasteten durch die Nacht, es fielen zwei weitere Schüsse, dann war das Rauschen des Regens wieder das einzige Geräusch.

Kurz darauf kehrten die beiden Männer zurück. La Fleur hörte sie mit Pearl reden, die aus der Adoberuine gekommen war. Der Apache war ihnen entwischt. La Fleur fragte sich, ob er aus eigener Kraft entkommen konnte oder ob Lozen, das verdammte Miststück, in der Nähe war. Er beobachtete, wie Pearl mit Yuma zurück in den Saloon ging. Rondo verschwand allein in der Adoberuine.

Es hatte aufgehört zu regnen, La Fleur entfachte ein kleines Feuer und setzte eine Kaffeekanne auf das Gitter über den Flammen. Dabei spürte er die Blicke des Jungen, der immer noch unter der Kutsche lag. Er würde dem verdammten Bengel die Kehle durchschneiden, sobald er die Gelegenheit dazu bekam. Aber erst würde er ihn zusehen lassen, wie er Rondo eine Kugel verpasste. Kein tödliche. Nein, er würde den Bastard langsam ausbluten lassen und jede Sekunde davon genießen.

Als er sich jetzt mit der dampfenden Kaffeekanne in der Hand und vor Aufregung klopfendem Herzen durch die abgebrochene Schwingtür des Saloons schiebt, wenden sich ihm alle Blicke zu.

Er hebt die Kanne. „Jemand Kaffee?“

Sie wollen alle. Yuma und Pearl sind vom Regen durchnässt. Über Regen und einsetzender Dunkelheit ist es kalt geworden. Heißer Kaffee ist willkommen.

Erleichterung durchflutet La Fleur. Er hat nicht damit gerechnet, dass es so einfach sein würde. Er hatte überlegt, die *Toloache* im Whiskey aufzulösen, aber befürchtet, dass man die Rückstände darin erkennen könnte.

Er unterdrückt ein Lächeln, als alle von ihren heißen Tassen schlürfen. Sie werden erst etwas bemerken, wenn es zu spät ist. La Fleur füllt seine Blechtasse ebenfalls, um keinen Verdacht zu erregen, aber er lässt die dampfende Brühe nur seine Lippen benetzen.

Bleibt nur noch Rondo.

„Wenn die Apachen uns angreifen wollten, hätten sie es doch schon getan, oder?“, sagt Ken Parker, während er seine Tasse leert und auf einem staubigen Tisch abstellt. „Die wollten nur ihren Bruder befreien.“

La Fleur ist sich da nicht so sicher und Yuma Madigan sieht es genauso. „Die wissen, wie gut wir bewaffnet sind, und sie werden sich garantiert überlegen, ob sie sich mit uns anlegen. Andererseits sind es genau diese Waffen und unsere Pferde, die sie gerne hätten. Deswegen wollte ich den Roten als Geisel.“ Er trinkt von seinem Kaffee. „Rondo hält bis Mitternacht Wache. Ich übernehme danach. Anschließend Oli und zum Schluss Masters.“

Oli zeigt auf La Fleur. „Was ist mit ihm?“

„Yuma traut mir nicht“, sagt La Fleur und die Ironie seiner Worte lässt ihn beinahe wieder lächeln.

27

Rondo lehnt mit dem Rücken an der Adoberuine, seine Winchester auf den Knien. Dort, wo die Kugel der Kriegerin ihn nur um Millimeter verfehlt hat, brennt seine Seite. Die Haut ist gerötet.

Von den Apachen ist nichts zu sehen und nichts zu hören. Es heißt, sie kämpfen ungern bei Nacht und er hat auch noch nie gehört, dass sie es getan haben. Aber sobald der Morgen graut, müssen sie auf einen Angriff vorbereitet sein. Und wenn die Roten nur versuchen, die Pferde zu stehlen.

Die Frage ist, wie viele von ihnen sich dort draußen herumtreiben und wie viele Opfer ihnen die Pferde und Waffen der Weißen wert sind.

Seine in den langen Jahren in dauernder Gefahr geschärften Sinne nehmen seine Umgebung ganz genau war. Auch die Teile, die er nicht sieht. Er hört eine Packratte im Unterholz zu seiner Linken und weiß, dass es kein Apache ist. Er hört Regenwasser vom eingefallenen Dach in eine Pfütze tropfen, er riecht feuchte Wildblumen und Creosote.

Er spürt aber auch noch den Geschmack von Pearls Lippen und die Hitze ihres nackten Körpers, der sich an ihn drängt. Sie hat ihm gesagt, dass sie bei ihm bleiben will, wenn das hier vorüber ist und sie das Geld haben.

Er fragt sich, was das bedeuten soll.

Bei ihm bleiben.

Er ist ein Herumtreiber, ein Mann, der seinen Colt vermietet. Ein Killer. Er hat keine Heimat mehr, seit Terri gestorben ist und er mit dreizehn aus Nogales fliehen musste.

Sein ganzes Leben besteht aus Flucht. Das bringt seine Arbeit, wenn man sie so nennen will, mit sich. Pearl ist zu clever, um das nicht zu wissen .

So sehr Rondo sie damals begehrte und es auch heute Nacht getan hat, weiß er doch auch, dass es für ihn kein anderes Leben geben wird als das, was er führt.

Er hat sich angewöhnt, sich keine Gedanken über seine Zukunft zu machen und das nicht erst, seit die Kugel, die ihn jeden Moment erblinden oder sein Leben beenden kann, in seinem Kopf steckt.

Was zählt, ist der Moment.

Und der nächste.

Einer nach dem anderen.

Und in *diesem* Moment sieht er La Fleur, der in seine Richtung kommt. Rondo hat ihn vorhin beobachtet, wie er Kaffee kochte und mit der Kanne in den Saloon ging.

La Fleur hält die Kanne immer noch in der Hand, als er vor Rondo stehenbleibt. Der Händler vermeidet es, ihm ihn die Augen zu sehen, als er fragt, ob er Kaffee haben möchte.

Rondo zögert.

Obwohl er sich die mit Schaffell gefütterte Jacke übergezogen hat, friert er in seinen regennassen Klamotten darunter. Er greift nach seiner Tasse und hält sie La Fleur hin, der sie mit Kaffee füllt und sich dann wortlos abwendet.

Rondos Blick folgt ihm zur Kutsche. Der Junge darunter scheint zu schlafen. Die Umrisse seines Körpers rühren sich nicht.

Rondo setzt die Tasse an die Lippen.

Zögert.

Beobachtet La Fleur, der die Kanne zurück aufs Gitter über dem kleinen Feuer setzt und dann in der Kutsche verschwindet.

Der Duft des Kaffees steigt Rondo in die Nase, die heiße Tasse wärmt seine Finger ...

28

Walon hat sich fast in die Hose gemacht, als die Schüsse die Nacht zerrissen. „Die Apachen!“ Seine Stimme hatte so erbärmlich gezittert, dass Cocta Neal ihn am liebsten geohrfeigt hätte.

Stattdessen blickte er angestrengt in den wie eine Wand vom Nachthimmel fallenden Regen, aber er konnte nichts erkennen außer zwei weitere Male Mündungsfeuer, die für einen kurzen Moment in der Dunkelheit aufblitzten.

Dann herrschte wieder Ruhe. Als der Monsun schließlich weiterzog und die Wolken dem Sternenhimmel wichen, konnte er die Umrisse von Menschen unten in Cooper's Well ausmachen. Kurz darauf entfachte jemand neben der Kutsche ein Feuer.

La Fleur.

Natürlich traut Cocta dem schmierigen Kerl nicht mal so weit, wie er eine Ladung Kautabak spucken kann, aber der Händler ist ihre beste Chance, die Übermacht dort unten zu überlisten.

Er kennt keinen der Männer, die Pearl angeheuert hat. Von Rondo hat er allerdings schon gehört. Genießt einen Ruf als schneller und tödlicher Schütze. Und ganz bestimmt sind auch die anderen Typen da unten nicht ohne, sonst hätte Pearl sie nicht ausgesucht.

La Fleurs klobige Gestalt überquert die freie Fläche zwischen seiner Kutsche und dem Saloon. Cocta kann nicht erkennen, was er in der Hand hält, aber es muss die Kaffeekanne sein.

Er hat noch nie von *Toloache* gehört, doch La Fleur hat ihm und Ernie versichert, dass eine ordentliche Ladung von dem Zeug Pearl und ihre Begleiter tief genug schlafen lassen wird, dass sie sie später ohne Weiteres überwältigen können.

Ein paar Minuten vergehen, bevor La Fleur wieder ins Freie tritt. Er geht zu dem verfallenen Adobegebäude, und erst jetzt entdeckt Cocta Rondo, der im Schatten der Ruine hockt.

„Hoffentlich trinken sie alle brav ihren Kaffee“, flüstert Ernie, der neben ihm kniet und dabei an einem Kieselstein lutscht.

Cocta nickt nur, auch wenn Ernie das wahrscheinlich in der Finsternis gar nicht sehen kann. Er zieht die kleine Uhr aus seiner Westentasche und kneift die Augen zusammen, um die schmalen Zeiger erkennen zu können. Kurz nach elf Uhr.

In zwei oder drei Stunden können sie sich nach unten wagen. Bis dahin ruhen sie sich am besten aus.

Cocta lehnt sich mit dem Rücken gegen einen Kiefernstamm, rückt sein Revolverholster so zurecht, dass er schnell an die Waffe kommt und streckt dann die Beine aus.

„Du kannst doch jetzt kein Nickerchen machen“, hört er Walons nervöse Stimme.

„Solltest du besser auch tun“, erwidert Cocta mit geschlossenen Augen. Zu seiner Rechten kichert Ernie wieder leise.

Natürlich weiß Cocta, dass Walon nicht für eine Sekunde die Augen schließen oder den Finger vom Abzug seines Gewehrs nehmen wird.

29

Rondo blickt zum Himmel. Keine Wolke mehr zu sehen. Die Sterne darüber verstreut wie die Chips auf einem Farotisch. Drüben im Saloon rührt sich nichts. Es muss nach Mitternacht sein. Rondo tritt aus dem Schutz der Adobemauer.

Auf dem Weg zum Saloon sieht er zur Kutsche hinüber. Darunter die unbewegliche Form des schlafenden Jungen. La Fleur scheint drinnen zu schlafen.

Die alten Bretter knarren unter Rondos Stiefeln, als er auf die Veranda tritt. Kein Kerzenschein mehr. Jemand schnarcht.

Rondo betritt den Schankraum. „Hey. Wer übernimmt die nächste Wache?"

Keine Antwort.

Am Boden die Umrisse der schlafenden Männer. Pearls blondes Haar hebt sich hell neben Yumas Körper ab.

Rondo tritt ihn. Nicht besonders sanft.

Yuma rührt sich nicht. Seine Brust hebt und senkt sich gleichmäßig.

Rondo tritt ihn wieder. Noch härter.

Yuma schnauft, sein Körper zuckt kurz, mehr nicht.

Rondo greift nach Pearls Hemd und zieht sie hoch. „Pearl!"

Sie hängt schlaff in seinem Griff. Speichel tropft aus ihrem Mund. Rondo lässt ihren Körper einfach wieder nach hinten fallen. Ihr Kopf schlägt auf den Holzboden. Nicht mal das weckt sie auf.

Dasselbe bei den Zwillingen. Sie sind nicht tot, aber sie schlafen wie Tote.

Der Kaffee!

Rondo hat ihn nicht getrunken, obwohl er wollte.

Jetzt weiß er, warum.

Instinkt.

La Fleur, dieser Bastard!

Rondo wirbelt herum.

Als er zurück ins Freie kommt, entdeckt er La Fleur auf halbem Weg zum Saloon, ein Gewehr in den Händen.

Rondo zieht seinen Colt.

Er bemerkt sie aus den Augenwinkeln zu beiden Seiten der Tür. Und zu spät.

Ein Gewehrlauf schmettert auf sein Handgelenk, der Colt entgleitet seinen gelähmten Fingern.

Er will sich zurück ins Dunkel des Schankraums werfen, aber etwas explodiert vor seiner Stirn, dann liegt er am Boden. Und das Letzte, was er hört, ist eine ihm unbekannte Stimme: „Der mochte wohl deinen Kaffee nicht, La Fleur."

30

Rondo erwacht mit pochenden Kopfschmerzen. Er spürt eine Schwellung auf seiner Stirn, wo ihn der Gewehrlauf erwischt hat. Als er blinzelnd die Augen öffnet, liegt er in einer Ecke des Schankraums. Hinter ihm fällt das graue Licht der Dämmerung durch ein Fenster.

Erleichterung durchflutet ihn. Er kann sehen.

Der heftige Schlag hat die Kugel in seinem Schädel scheinbar nicht in Bewegung versetzt. Er hat mehr Angst davor zu erblinden, als tot umzufallen.

Ein Mann, ganz in schwarz gekleidet und mit zwei Revolvern an den Hüften, steht in der Mitte des Schankraums, den Kolben einer Winchester in seine schmalen Hüften gestemmt. Neben ihm ein nervös dreinblickender Typ mit rotem Bart.

Auch La Fleur, der Hundesohn, ist da, er sitzt auf einem Stuhl, sein Henry-Gewehr schussbereit in den Händen. Auf dem Tisch neben ihm liegen Rondos Colt, seine Winchester und die Schusswaffen der anderen.

Am anderen Ende des Raums übergibt sich Ken Parker auf die Bohlen, während sein Bruder sich den Schädel hält, als hätte er in der Nacht zu viel getrunken.

Auch Pearl, Yuma und Buck Masters sind wach. Sie starren die Fremden aus verquollenen Augen an.

Der alte Gesetzeshüter schnüffelt an seiner leeren Kaffeetasse. „*Toloache*“, sagt er grimmig.

La Fleur bleckt seine braunen Zähne. „Ja. Ein gutes Kraut. Schöne Träume gehabt, Masters? Die Roten und die *Greaser* schwören drauf."

Buck Masters erwidert nichts.

Der Mann in Schwarz sieht zu Rondo. „Schön, dass alle wach sind. Dann gehen wir jetzt zur Mine hoch, damit ihr eure Arbeit von gestern fortsetzen könnt."

Wer immer der Kerl ist, er weiß, warum sie hier sind.

„Wir können das Geld teilen, Mister Neal."

Und Pearl weiß offensichtlich, mit wem sie es zu tun haben.

Der Mann in Schwarz lächelt. „Ich soll das Geld, für das ich monatelang im Knast gesessen habe, mit euch teilen? Die Logik dahinter müssen Sie mir erklären, Lady."

Seinen Worten nach urteilen, ist der Kerl einer von Marvin Sturges' alten Komplizen. Der Rotbärtige dann wohl auch.

„Draußen sind die Apachen", sagt Pearl. „Wir sollten zusammenhalten."

„Ich habe keine Angst vor den Apachen", erwidert der Mann in Schwarz, und Rondo glaubt es ihm.

„Hab den Eindruck, ihr Partner sieht das anders", sagt Yuma mit krächzender Stimme und spuckt auf den Boden.

„Halt dein Maul!", fährt der nervöse Rotbärtige Yuma an.

Yuma lächelt kalt. Sein Blick findet La Fleur. „Du bist ein toter Mann, La Fleur."

Der Händler springt auf und richtet den Lauf seines Gewehrs auf Yumas Stirn. Sein Daumen spannt den Hahn. „Ich blas dir den Schädel weg–"

Der Mann in Schwarz greift nach La Fleurs Arm. „Niemand erschießt hier irgendwen. Außer mir."

La Fleur schnauft wütend.

In Yumas Gesicht zuckt es verächtlich.

Der Mann in Schwarz wedelt mit seiner Winchester. „Aufstehen! Ein bisschen frische Luft tut euch gut."

Als Rondo sich schwankend aufrichtet, werden die Kopfschmerzen schlimmer. Seine Sicht verschwimmt für einen kurzen Moment, klärt sich dann aber wieder.

Er stolpert als Erster raus ins fahle Morgenlicht. Die Sonne ist noch nicht aufgegangen, ein paar Sterne funkeln noch blass am Firmament. Er sieht den Jungen mit ausdrucksloser Miene vor der Kutsche hocken.

Hinter ihm folgt Pearl. Ihre Blicke treffen sich, als Rondo stehenbleibt. „Das sind Cocta Neal und Walon Brown", flüstert sie. „Sie haben damals mit Sturges den Geldtransport überfallen."

Ein vierter Mann, der vom Dach aus die Gegend im Auge behalten hat, gesellt sich zu ihnen. Unter seinem zerbeulten Hut grinst er die Gefangenen an, die einer nach dem anderen auf unsicheren Beinen ins Freie treten. „Die sehen aus, als hätten sie die ganze Nacht durchgezecht."

„Ernie Wynn", flüstert Pearl. Sie ist blass, ihre Augen sind blutunterlaufen. „Diese Kopfschmerzen ..."

Rondo berührt die Schwellung an seiner Stirn. „Ich weiß."

„Was tun wir jetzt?"

Die Frage hat Rondo sich schon selbst gestellt. Und keine befriedigende Antwort gefunden. Sie sind unbewaffnet. Das wird sich erst ändern, wenn sie oben an der Mine die Spitzhacken und Schaufeln in den Händen halten. Wenn sie damit alle gemeinsam auf La Fleur, Cocta Neal und seine beiden Komplizen losgehen, besteht die Chance, dass sie sie überwältigen können. Aber zu welchen Preis? Einer oder mehrere von ihnen werden auf jeden Fall ins Gras beißen. Eine andere Möglichkeit sieht er jedoch nicht.

„An die Arbeit", ruft Cocta Neal, der als Letzter den Saloon verlassen hat."

Sie trotten in einer langen Reihe den Hang hinauf. Rondo an der Spitze, gefolgt von Pearl, dann Yuma, Buck Masters und die Parker-Zwillinge. Oli ist noch immer übel und wird von seinem Bruder gestützt. Der rotbärtige Walon, Ernie und La Fleur sichern die Flanken. Cocta Neal bildet den Schluss.

Als sie die Miene erreichen, bückt sich Rondo nach einer der Schaufeln, die sie gestern dort zurückgelassen haben. Es sind nicht genug Werkzeuge für alle da. Ken Parker und Buck Masters müssen mit bloßen Händen arbeiten.

Nach wenigen Minuten strömt wieder Schweiß Rondos Rücken hinab, obwohl die Morgenluft noch angenehm kühl ist.

Oli Parker hält inne, stützt sich mit den Händen auf den Oberschenkeln ab und kotzt ein zweites Mal.

Rondo und Yuma müssen nicht miteinander reden, um zu wissen, dass sie dasselbe denken. Die Spitzhacken und Schaufeln sind ihre einzige Chance. Ein Blick zu Buck Masters sagt Rondo, dass er ebenfalls bereit ist. Genau wie Pearl.

Der richtige Augenblick kommt, als Walon plötzlich hervorstößt: „Ich habe was gesehen!" Seine Körper spannt sich an und er starrt mit zusammengekniffenen Augen zu einer Felsenansammlung. Er steht nur zwei Schritte von Rondo entfernt und hat ihm jetzt den Rücken zugewandt.

Cocta Neal seufzt. „Das sind deine Nerven, Walon, da ist nichts–"

Rondo schwingt die Spitzhacke. Aber nicht auf das Geröll vor sich, sondern in Walons Rücken. Die Wucht des Schlages wirft Walon nach vorn, das Gewehr rutscht aus seinen Händen. Er schlägt hart aufs Gesicht, die Spitzhacke ist bis zum Anschlag in seinem Rücken verschwunden.

Cocta Neal stößt einen wütenden Schrei aus.

Ein Schuss fällt.

Jemand stöhnt schmerzerfüllt.

Rondo wirft sich bereits neben Walon zu Boden und reißt dessen Colt aus dem Holster.

Noch mehr Schüsse verhallen über dem Tal.

Rondo sieht Cocta Neal nach hinten taumeln – aus seiner Schulter ragt ein Pfeil.

Ein Sekundenbruchteil, bevor Rondo kapiert:

Die Apachen greifen an.

31

Als Chato sah, dass die drei Weißen die anderen mit Hilfe von La Fleur in ihre Gewalt genommen hatten und sie unter vorgehaltenen Waffen zur Mine führten, wusste er, dass dies der richtige Moment zum Angriff war.

Zehn Weiße, von denen sechs unbewaffnet waren. Er hätte gern gewartet, bis sie das Geld aus der Mine geborgen haben, aber eine bessere Gelegenheit als jetzt wird sich den Apachen nicht mehr bieten.

Die Krieger haben sich in der Dämmerung bereits überall um Cooper's Well herum verteilt, ohne dass das Weißauge auf dem Dach etwas bemerkt hat.

Jetzt ahmt Chato den Schrei eines Truthahngeiers nach, das vereinbarte Signal.

Gleich darauf rammt einer der gefangenen Weißen zu Chatos Überraschung seinem Bewacher die Spitzhacke in den Rücken.

Gut so, denkt er. Sollen sie sich auch noch gegenseitig umbringen.

Er drückt sich aus der Deckung des Felsens und feuert auf einen der bewaffneten Weißen. Der dickliche Mann mit dem zerknitterten Hut zuckt zusammen.

Chato rennt los. Ein paar Meter entfernt sieht er Lozen gebückt nach vorne stürmen. Im ganzen Tal erheben sich die Apachen aus ihren Verstecken.

Chato spürt, wie der alte Blutdurst seinen Körper erfasst. Die Geister seiner massakrierten Familie und Freunde rufen ihm zu, die Weißaugen für ihren Tod bezahlen zu lassen.

Das tue ich, denkt Chato. So, wie ich es seit Jahren tue und es bis zu meinem letzten Atemzug tun werde.

Er stößt einen markerschütternden Schrei aus, als er das Gewehr wieder an die Schulter reißt und feuert.

32

Ken Parkers Körper schlägt vor ihm der Länge nach in den Dreck, als Rondo sich mit Walons Gewehr in der einen und seinem Colt in der anderen wieder aufrichtet. Eine Kugel hat den Rücken des Zwillings durchschlagen und ist aus der Brust wieder ausgetreten. Blut breitet sich unter seinem zuckenden Körper aus.

Oli schreit verzweifelt den Namen seines Bruders.

Rondo sieht einen Apachen, feuert mit dem Colt, der Mann fällt vornüber. Noch einer – Rondos Kugel holt ihn von den Füßen.

Ein hastiger Rundumblick.

Ernie hockt auf den Knien und feuert mit seiner Winchester. Sein linkes Hosenbein ist blutgetränkt.

Cocta Neal rennt, mit beiden Colts schießend, geduckt von einer Deckung zur anderen, ein Baum hier, ein Busch oder Felsen dort. Der Pfeil in seiner Schulter ist weg, wahrscheinlich hat er ihn herausgerissen.

Pearl presst sich flach auf den Boden. Buck Masters liegt neben ihr. Sein Blick trifft sich mit dem von Rondo. Der wirft ihm Walons Gewehr zu.

Yuma ringt wenige Meter entfernt am Boden mit einem Apachen. Ein Messer blitzt in den ersten Sonnenstrahlen, die im Osten über die Bergspitzen steigen.

Rondo feuert, der Apache sackt über Yuma zusammen.

Er fängt Pearls Blick auf, die ihn ansieht, als wolle sie sagen: *Warum hast du das getan?*

Weil im Augenblick jeder Mann zählt.

Yuma stößt die Leiche von sich, nickt Rondo dankend zu, dann greift er nach dem Messer des Indianers. „Zurück zum Saloon!"

Natürlich. Dort sind ihre Waffen.

Sie rennen los.

Mitten durch den Hagel aus Kugeln und Pfeilen.

Rondo riecht den Pulverdampf, das vergossene Blut und den Schweiß, hört die gellenden Kriegsschreie der Apachen, das Krachen der Schüsse, das Surren der Pfeile.

Vor ihm wächst ein Apache aus dem Boden.

Rondo feuert.

Das Gesicht des Indianers verschwindet blutspritzend.

Die Gebäude kommen näher. Ihre Pferde stehen noch in dem provisorischen Corral neben dem Saloon.

Zu Rondos Linken sprintet ein Indianer von einer Deckung zur anderen. Er schießt, verfehlt ihn.

Plötzlich steht er einem drahtigen Apachen mit Oberlippenflaum gegenüber. In den Augen des Roten lodert hasserfülltes Feuer, er schießt aus der Hüfte mit einem Gewehr.

Rondo verspürt weder einen Schlag noch Schmerz. Der Krieger hat ihn verfehlt.

Rondo zieht den Stecher des Colts durch. Hört den Hammer auf eine leere Kammer schlagen.

Der Apache repetiert seine Winchester, aber Rondo wirft ihm den leeren Colt ins Gesicht. Der Indianer taumelt nach hinten und fällt über eine Wurzel.

Rondo rennt weiter. Stolpert, stürzt, reißt sich die Handflächen auf dem steinigen Boden auf.

Pearl ist ebenfalls gestürzt, aber Buck Masters zerrt sie bereits wieder auf die Beine. Der Ex-Sheriff fährt zusammen, als ihn ein Pfeil in den Rücken trifft. Er wirbelt herum und fällt den Bogenschützen mit einem Schuss aus Walons Gewehr, schwankt, und jetzt greift Pearl nach seinem Arm und zieht ihn mit sich den Hang hinab.

Rondo springt auf und folgt ihnen.

Gemeinsam stolpern sie an der Adoberuine vorbei.

Da ist der Brunnen.

Pearls Stimme an Rondos Ohr, während sie vögeln: *Das Geld ist nicht in der Mine.*

Als er wenige Momente später in den Saloon stürmt, sieht er einen Apachen – nur ein paar Schritte vom Tisch entfernt, auf dem ihre Waffen liegen. Rondo springt im Laufen. Reißt den Indianer mit sich. Sie prallen gegen den Tisch und stoßen ihn um. Taumeln und stürzen.

Die Gewehre und Revolver haben sich auf dem Boden verteilt, darunter auch Rondos Messer. Er kriegt es zu fassen und rammt dem Apachen die Klinge von unten ins Kinn. Reißt sie wieder heraus und stößt sie dem Krieger noch einmal in die Brust.

Pearl und Buck Masters taumeln in den Schankraum. Masters sinkt stöhnend in die Knie. Die Spitze des Pfeils, der ihn getroffen hat, ragt unterhalb seiner Rippen blutig aus seinem Bauch heraus.

Hinter Masters und Pearl verdunkelt die Silhouette eines Apachen die Tür. Rondo kriegt einen Colt zu fassen, reißt ihn hoch - und erkennt im letzten Moment, dass es kein Apache, sondern Yuma Madigan ist. Rondo wirft ihm den Colt zu, während er mit seinem eigenen zum Fenster neben der Tür hastet.

Durch das gesplitterte Glas sieht er die Kutsche. Keine Spur von dem Jungen. Er fragt sich, ob die Apachen ihm etwas antun werden, wenn sie realisieren, dass er kein Weißer oder Mexikaner ist.

Draußen fallen noch vereinzelt Schüsse. Plötzlich humpelt Ernie mit schmerzverzerrtem Gesicht um die Ecke der Adoberuine. Ein Apache ist ihm auf den Fersen, einen Tomahawk in der erhobenen Hand.

Rondo und Yuma feuern gleichzeitig.

Der Apache fällt, richtet sich aber wieder auf, um sich zurück in die Deckung der Ruine schleppen.

Die Colts von Rondo und Yuma krachen erneut und der Körper des Indianers erschlafft ein für alle Mal.

Kurz darauf kann sich Ernie in die Deckung des Saloons

retten und presst sich keuchend neben der Tür an die Wand. Blickt auf seinen blutenden Oberschenkel. „Gottverdammt ..."

Glas splittert. Als Rondo sich herumwirft, sieht er, wie sich der Körper von Cocta Neal am hinteren Ende des Saloons in einem Regen aus Splittern am Boden überschlägt. Im Fenster, durch das er sich geworfen hat, erscheint für einen Moment das Gesicht eines Indianers – bis Rondos Kugel sein linkes Auge durchschlägt.

Cocta Neal kniet am Boden, beide Revolver in den Händen. Blut läuft aus einer Schnittwunde in seinem Gesicht und über sein Hemd, wo ihn der Pfeil getroffen hat.

Sein Blick kreuzt sich mit Rondos und Yumas, die ihre Waffen auf ihn gerichtet haben. Wenn sie wollten, wäre er bereits tot.

Cocta lächelt grimmig. „Wir sollten zusammenhalten."

Pearl, die einen Revolvergurt vom Boden aufgehoben hat und ihn sich um die Hüften schlingt, stößt ein heiseres Lachen aus. „Wie war das? *Ich habe keine Angst vor den Apachen?*"

Ernie ist mit dem Rücken an der Wand zu Boden gerutscht und streckt sein verletztes Bein aus, um es mit Hilfe seines Gürtels abzubinden. „Also, ich bin bereit, das Geld zu teilen. Hauptsache, wir kommen hier lebend raus."

Cocta Neals dunkel geränderte Augen suchen die von Rondo, Yuma und Pearl. „Wir erledigen die Apachen, dann holen wir das Geld."

Sie hören Buck Masters husten. Blut ist über die Lippen des alten Gesetzeshüters getreten. „Die Apachen erledigen ... Hört sich an, als glauben Sie, wir hätten eine Chance."

Cocta Neal bewegt sich zum Fenster, durch das er sich geworfen hat. Er schielt ins Freie. „Natürlich. Sonst könnte ich mir ja gleich selbst eine Kugel in den Kopf jagen."

Masters hustet wieder. Er wischt sich mit dem Handrücken das Blut vom Kinn. „Darüber sollten wir auf jeden Fall nachdenken. Nichts für ungut, Pearl, aber du weißt, was die Apachen mit dir machen, wenn sie dich lebend in die Finger kriegen."

Pearl dreht die Trommel ihrer Pistole und prüft die Ladung. „Das werden sie nicht, Buck." Ihre Stimme ist fest, die Angst auf ihrem Gesicht kann sie trotzdem nicht verbergen.

Draußen erklingt Hufgetrommel. Während Yuma flucht, eilt Rondo zum Fenster, hinter dem gerade noch ihre Pferde standen. Er sieht einen Apachen durch die Staubwolke hasten, aufgewirbelt von den Pferden, die er davontreibt. Rondos Colt kracht, doch der Krieger wirft sich um die Ecke eines Gebäudes und bleibt verschwunden.

Dann ist es still. Keine Schüsse mehr. Die Morgensonne fällt durch die geborstenen Fenster und trägt die Hitze eines weiteren heißen Augusttags mit sich herein.

Cooper's Well liegt so ruhig und verlassen unter dem wolkenlosen Himmel wie gestern Nachmittag, als sie die Stadt erreichten.

Rondo bemerkt, dass der Körper des Apachen, den er und Yuma niedergeschossen haben, verschwunden ist. Nichts deutet auf die Anwesenheit der Roten hin – bis auf den Pfeil in Buck Masters' Rücken und den Wunden von Cocta Neal und Ernie. Der vertreibt leise fluchend eine Fliege, die sich auf seinem blutigen Hosenbein niederlassen will.

Rondos Blick gleitet durch den Schankraum.

Cocta Neal, Ernie, Yuma, Buck Masters und Pearl.

Walon hat er selbst erledigt und Ken Parker sterben sehen.

Fehlen noch zwei Männer.

Oli Parker und La Fleur.

Wenn die beiden Glück haben, sind sie tot.

Wenn nicht ...

Kurz darauf zerreißen Schreie die trügerische Stille.

33

Sie haben La Fleur die Kleidung vom Leib gerissen und ihn an einen Baum gebunden. Sein schwammiger, nackter Körper leuchtet weiß im starken Kontrast zu seinem sonnenverbrannten Gesicht und den Händen.

Martine, mit sechzig der Älteste unter den Kriegern, die mit Chato und Lozen reiten, hat begonnen, dem Händler die Haut in Streifen vom Fleisch zu schneiden.

Die Apachen, deren Augen nicht auf dem Haus liegen, in dem die Weißaugen sich verschanzt haben, beobachten die Arbeit des alten Kriegers mit stoischen Blicken.

La Fleurs gellende Schreie hallen durch das Tal. Manchmal verliert er das Bewusstsein, nur um kurz darauf wieder zu sich zu kommen, und dann beginnt er erneut seinen unerträglichen Schmerz in den Himmel zu brüllen.

Lozen gefällt der Gedanke, dass der gehäutete Händler, den sie so verabscheut, für alle Ewigkeiten verunstaltet durch das Jenseits wandeln wird, nachdem er unter Martines Messer sein Leben ausgehaucht hat. Sie wünscht sich zwar nichts sehnlicher, als dass ihm die anderen Weißaugen im Tal folgen – aber der Kampf hat bei ihr einen bitteren Nachgeschmack hinterlassen.

Das Volk der Apachen ist stetig geschrumpft, seit die Weißen in ihr Land eingefallen sind. Der ewige Kampf und Krankheiten, die Ussens Volk zuvor nicht kannte, haben die Zahl der Apachen mit jedem Jahr, mit jedem Jahrzehnt mehr reduziert. Das Leben eines Apachen, vor allem das eines Kriegers ist wertvoller denn je, wenn sie im Krieg gegen die *Americanos* und Mexikaner bestehen wollen.

Die Weißen unten in Cooper's Well sind gute Kämpfer. Und ausgezeichnete Schützen. In den wenigen Minuten des Kampfes haben die Apachen acht Krieger verloren. Acht. Fast die Hälfte ihrer Gruppe. Ist das Geld, auf das Chato hofft, um Waffen zu kaufen, diese Opfer wert?

Die Weißaugen haben sich in einem Haus verbarrikadiert. Je länger dieser Kampf dauert, desto mehr Opfer wird er fordern. Außer dem gefangen genommen La Fleur haben sie nur einen einzigen Weißen getötet. Chato hatte dem schwer verwundeten Mann, den sie oben an der Mine fanden, mit einem Stein den Schädel zertrümmert. Der Tote sah aus wie der Mann, der Kuruk mit seinem Messer gefoltert hatte. Aber obwohl er ihm bis aufs Haar glich, wusste Lozen aufgrund seiner Kleidung, dass es nicht derselbe ist.

Kuruks Peiniger lebt noch.

Dennoch quält sie die Frage, ob sie den Kampf nicht besser aufgeben sollten. Sie hat ein schlechtes Gefühl. Vielleicht wäre es besser, sie reiten nach Mexiko, wo ihr Bruder Victorio und der Rest des Stammes sich versteckt halten.

Lozen sitzt mit untergeschlagenen Beinen und ihrem Gewehr im Schoß auf einem Felsen in der Nähe des Mineneingangs. Sie hört Steine über den Boden rollen. Blickt über die Schulter. Chato klettert über die Reste des Gerölls aus dem Minenschacht. Er wirft die Fackel, mit der er die Finsternis drinnen erhellt hat, auf den Boden und tritt die Flammen aus.

„Ich habe nichts gefunden", sagt er, als er sich neben Lozen zu Boden gleiten lässt. Seine Nase ist blutig und geschwollen, wo ihn die leere Waffe des Weißen im Gesicht getroffen hat.

Lozen hat keine Vorstellung von der Menge der Dollars, aber Chato vermutet, dass es große Kisten sein müssen. Wie viele Kisten und wie groß diese sind, weiß er auch nicht. Trotzdem ist er sicher, dass sie nicht im Minenschacht sind.

„Aber die Weißaugen haben dort gesucht", sagt Lozen.

Chato nickt. „Vielleicht ist es der falsche Ort. Vielleicht wissen sie gar nicht genau, wo das Geld ist."

Lozen zögert, aber schließlich teilt sie ihre Zweifel mit Chato.

Er hört ihr zu, dann schüttelt er heftig den Kopf. „Wir werden sie alle töten und wir werden das Geld finden. Wir brauchen diese Waffen, Lozen."

Sie erwidert nichts. Ihr Blick schweift zum Himmel, wo Aasfresser sich von der heißen Luft tragen lassen und lauernd ihre Kreise ziehen. Sie wissen, dass im Tal Nahrung auf sie wartet. Und im Gegensatz zu den Apachen haben sie Zeit.

34

Manchmal klingen die Schreie wie die eines Babys.

Manchmal wie die eines Tiers.

Aber Oli Parker weiß, dass La Fleur sie ausstößt.

Er kann den Händler von seinem Versteck aus sehen.

Kann sehen, wie der alte Apache ihn Stück für Stück häutet.

Er kann auch die Leiche seines Bruders sehen.

Kens zertrümmerten Schädel, aus dem die graue Gehirnmasse über den steinigen Boden gequollen ist.

Er fühlt sich, als hätte ihm jemand das Herz bei lebendigem Leibe aus der Brust gerissen. Ken war der einzige Mensch, den Oli hatte. Er hat nie darüber nachgedacht, wie es wäre, wenn sein Bruder nicht mehr bei ihm ist. Ken war Teil von ihm und er war Teil von Ken.

Oli weiß nicht, wie es ist, tot zu sein. Natürlich nicht. Wenn man tot ist, fühlt man ja nichts mehr. Aber die erschreckende Leere, die Oli beim Anblick von Kens Leiche spürt – so stellt er sich die Leere des Todes vor.

Ken war immer bei ihm, von Geburt an. Er war bei ihm, als ihr Vater, ein versoffener Taugenichts, sie verprügelte, praktisch von dem Tag an, an dem sie laufen lernten. Kaum ein Tag verging, an dem sie es nicht mit der flachen Hand, der Faust, einem Knüppel oder dem Gürtel bekamen. Der Alte war ein hundsgemeiner Bastard, ganz egal ob nüchtern oder betrunken.

Oli und Ken schmiedeten Pläne, ihren verhassten Erzeuger

zu töten und an ihrem siebzehnten Geburtstag, vor wenigen Jahren, nahm Oli dann endlich den alten Vorderlader von der Wand und erschoss den Hurensohn, während der im Schatten des Schweinestalls seinen Rausch ausschlief.

Ihre Mutter, die sich niemals schützend vor ihre Söhne gestellt hatte, wurde hysterisch und drohte, sie vor ein Gericht zu bringen. Ken rammte ihr von hinten ein Messer in den Nacken, als sie vor Oli stand und ihn speichelsprühend ankeifte.

Sie hatten noch eine jüngere Schwester Charlene, aber die war von Geburt an nicht ganz richtig im Kopf. Die Dummheit stand ihr ins Gesicht geschrieben, und oft tropfte einfach Speichel von ihren Lippen. Oli und Ken wussten, dass sie nicht für Charlene würden sorgen können und betrachteten es als Erlösung für ihre Schwester, als sie ihr im Schlaf die Kehle durchschnitten.

Sie suchten das Weite und hielten sich mit diversen Jobs über Wasser, aber sie stellten fest, dass es am einfachsten war, Geld zu verdienen, indem sie einsame Reisende, die auf ihre freundlichen Gesichter hereinfielen, um ihren Besitz erleichterten. Natürlich durften sie keine Zeugen hinterlassen. Nach einigen Malen hörte Oli auf, die Gräber zu zählen, in denen sie ihre Opfer verscharrten.

Vor anderthalb Jahren lernten sie Yuma Madigan kennen. Eigentlich sollte er ihr nächstes Opfer werden, als sie in einer kühlen Winternacht in den Schein seines Lagerfeuers oben in New Mexico ritten. Aber Yuma durchschaute sie. Er hätte *sie* töten können, stattdessen jedoch fragte er, ob sie sich ihm anschließen wollten. Sie stahlen gemeinsam Rinder und Pferde, überfielen eine Postkutsche und arbeiteten sogar, das musste man sich mal vorstellen, als Deputy Sheriffs in einem Kaff in Colorado. Bis Ken im Übereifer eine Hure erdrosselte und man sie feuerte.

Im Frühjahr kamen sie nach Tombstone. Dort lernte Yuma Pearl kennen. Oli sah in Yuma inzwischen fast so etwas wie einen Ersatzvater und hatte Angst, dass ihre gemeinsame Zeit beendet war. Doch Yuma vergaß sie nicht, obwohl er die meiste Zeit im Schlafzimmer der Tänzerin verbrachte. Dann, eines Abends vor wenigen Wochen, suchte er Oli und Ken in ihrer

Absteige auf und sagte ihnen, dass sie bald alle reich sein würden.

Jetzt ist Ken tot und Oli liegt in einem Erdloch unterhalb eines kantigen Felsblocks. Als der Kampf begann, war er wie die anderen einfach losgerannt. Wegen dieses Drecksacks Cocta Neal hatte er nicht mal eine Waffe. Er hörte Schritte, wahrscheinlich Apachen, die scharf auf seinen Skalp waren, aber als er über die Schulter blickte, sah er niemanden.

Dafür plötzlich zwei Krieger nur wenige Meter entfernt, als er wieder nach vorne blickte. Sie hatten ihn noch nicht bemerkt, als ihm das Erdloch ins Auge fiel. Eigentlich hatte er nur die Büsche davor gesehen, und als er sich dahinter verstecken wollte, bevor die beiden Krieger auf ihn aufmerksam wurden, entdeckte er das Erdloch.

Dort hockt er jetzt seit über zwei Stunden. Es ist eng, Schmerz quält seinen zusammengekrümmten Körper, seine Beine kribbeln, weil sie nicht richtig durchblutet werden und die Hitze treibt ihm den Schweiß aus jeder Pore.

Aber er muss durchhalten.

Bis es dunkel ist.

Und dann versuchen, zu den anderen in den Saloon zu gelangen. Vorausgesetzt, sie haben es geschafft. Und das sie bis dahin noch am Leben sind.

35

„Das Geld ist nicht in der Mine.“

Als Rondo und Pearl vergangene Nacht die alte Leidenschaft in der Adoberuine wiederaufflammen ließen, hatte sie ihm offenbart, wo das Geld laut Sturges Karte wirklich versteckt ist.

Im Brunnen.

Sie hatte nicht aufgehört, ihn zu vögeln, als sie ihm ihren Plan darlegte. Nachdem der Zugang zum Minenschacht freigeräumt war, würden sie drinnen vergeblich nach dem Geld suchen. Die Stimmung würde schlecht sein. Aber es gibt mehrere Schächte in Cooper's Well. Also würden sie gezwungenermaßen auch diese durchsuchen müssen. Das würde mindestens einen weiteren Tag dauern. In der nächsten Nacht sollte Rondo, wenn es an ihm war, die Wache zu übernehmen, das Geld aus dem Brunnen bergen.

„Und dann?“, fragte er, während sie sich stöhnend in seiner Schulter verbiss.

Sie hob den Kopf, ihre blauen Augen funkelten in der Dunkelheit. „Dann müssen wir die anderen töten.“

Ihre kaltblütige Antwort überraschte ihn nicht.

„Du meinst Yuma.“

„Und die Zwillinge“, keuchte sie.

„Was ist mit Masters?“

„Buck ist in Ordnung, aber ...“

Rondo hatte kein Problem damit, Yuma zu erledigen. Und nachdem er gesehen hatte, was Oli Parker dem gefangenen Apachen angetan hatte, hielt sich sein Mitgefühl für die Zwillinge auch in Grenzen. Sie waren ganz offensichtlich Yumas Schoßhunde, und Rondo drohte dieselbe Behandlung wie dem Indianer, wenn er sich von ihnen überrumpeln ließ.

Was Buck Masters betraf, *hatte* er allerdings ein Problem. Er hielt ihn nicht für eine Gefahr.

„Yuma und die Zwillinge ja ... Masters nein."

„Okay ..." Pearl bewegte ihre Hüften und ließ ihn stöhnen. „Wenn alles vorbei ist, bleiben wir zusammen." Sie küsste ihn gierig. „So wie früher."

Sekunden später hörten sie das Krachen von Yumas Schrotflinte, als der gefangene Apache zu fliehen versuchte.

Pearls Plan hatte die Indianer außer Acht gelassen.

Und Sturges ehemalige Komplizen, die ihnen unbemerkt nach Cooper's Well gefolgt waren.

Cocta Neal hat sein Hemd ausgezogen und ein Stück Stoff in das blutige Loch in seiner Schulter gestopft. Er hat Glück gehabt. Der Pfeil, der ihn getroffen hat, ist nicht tief eingedrungen. Er hat ihn noch während des Kampfes mit den Apachen einfach wieder herausgerissen.

Ernie und Buck Masters waren weniger glücklich. Cocta hat Ernie zwar die Kugel mit einem Messer aus dem Oberschenkel geschnitten, aber der Blutverlust hat ihn geschwächt und die Gefahr, dass sich die Wunde entzündet, ist groß.

Der Pfeil, der Buck Masters durchbohrt hat, ist das größte Problem. Er hat mit hoher Wahrscheinlichkeit irgendwelche Organe verletzt. Sie haben sich dagegen entschieden, den Pfeil herauszuziehen, aus Sorge, es dadurch noch schlimmer zu machen. Stattdessen hat Rondo den Pfeil mit seinem Messer am Rücken abgeschnitten, damit Masters sich besser bewegen kann. Jetzt liegt er mit geschlossenen Augen auf der Seite und schläft.

Rondo macht sich keine Illusionen. Masters wird Cooper's Well nicht lebend verlassen.

Vielleicht wird das niemand von ihnen.

Schwer einzuschätzen, wie viele Apachen draußen lauern.

Es ist Mittag. Die Sonne steht hoch über den Bergen. Vor

etwa einer Stunde sind die grässlichen Schmerzensschreie draußen verstummt. Sie alle haben La Fleurs Stimme erkannt. Möglich, dass er jetzt tot ist, aber die Apachen wissen, wie man den Tod unbarmherzig in die Länge ziehen kann.

Pearl nimmt einen Schluck aus ihrer Wasserflasche und reicht sie Rondo, dessen Ausrüstung drüben in der Adoberuine liegt. Er trinkt das warme Wasser. Spürt Yumas glühenden Blick auf sich.

Rondo ignoriert ihn.

„Jemand muss rausfinden, ob die Apachen noch da sind."

Alle Augen richten sich auf Cocta Neal, der das rückwärtige Fenster sichert.

Daran hat Rondo auch schon gedacht. Sie haben ihre Haut teuer verkauft. Vielleicht teuer genug, dass die Apachen weitergezogen sind, um sich andere, weniger wehrhafte Opfer zu suchen.

„Lass dich nicht aufhalten", sagt Yuma grimmig.

Cocta Neal lächelt. „Wir könnten eine Münze werfen."

„Selbst wenn die Apachen weg sind ...", sagt Ernie. „Sie haben unsere Pferde gestohlen." Der Gedanke, mit seinem verletzten Bein zu Fuß zu laufen, ist für Ernie sicher nicht sehr verlockend.

„Wir machen dir eine schöne Krücke", sagt Cocta Neal.

Ernie erwidert nichts.

„Vorher müssen wir allerdings noch das Geld holen, nicht wahr, Miss Pearl?"

Pearl ignoriert Cocta Neals Worte. Sie sieht zu Rondo.

Das hätte sie besser nicht getan, denkt der.

Yuma lässt sie nicht eine Sekunde aus den Augen. Ihm ist Pearl Blickwechsel mit Rondo nicht entgangen.

Der Kerl ist wie ein Tier. Er wittert etwas.

„Wir können natürlich auch warten, bis es dunkel wird", sagt Cocta Neal. „Aber in Anbetracht der Verletzten würde ich sagen: Je früher wir wissen, woran wir sind, desto besser."

„Ich gehe."

Alle sehen zu Buck Masters, der die Augen geöffnet hat und sich schwer atmend nach oben drückt.

Er weiß, wie es um ihn steht und ist bereit, sich zu opfern, denkt Rondo. Er geht zu ihm und hilft dem Älteren auf die

Beine. Masters Gesicht ist fahl. Schweiß glitzert auf seiner Stirn.

„Wir geben dir Deckung."

Masters nickt.

Ernie hat sich auch auf die Beine gekämpft und neben der Tür positioniert, sein Gewehr schussbereit. Rondo hockt sich mit gezogenem Colt ans Fenster zu Pearl und Yuma.

Masters atmet durch und wischt sich mit dem Handrücken durchs Gesicht, dann tritt er mit gezogenem Revolver ins Freie. Sein Gang ist unsicher. Dort, wo der abgebrochene Pfeil aus seinem Rücken ragt, ist das Hemd von einem getrockneten Blutfleck gezeichnet.

Die Bohlen der Veranda knarren unter seinen Stiefeln.

Wildbienen surren.

Alle halten den Atem an.

Masters tritt aus dem Schatten des Vordachs in die pralle Mittagssonne.

Kein Schuss fällt. Kein Pfeil surrt.

Er bleibt stehen. Nur sein Kopf dreht sich langsam, als seine Augen die Umgebung absuchen. Er sieht zurück zum Saloon.

Geht weiter.

Rondo schluckt. Obwohl er gerade etwas getrunken hat, ist seine Kehle bereits wieder ausgetrocknet.

Masters erreicht den Brunnen und stützt sich mit einer Hand an der Steinwand ab. Er hustet.

Nichts geschieht. Vielleicht, weil die Apachen sie solange in Sicherheit wiegen wollen, bis sie sich alle ins Freie wagen.

Masters setzt sich wieder in Bewegung.

Rondo sieht ihn um die Ecke der Adoberuine verschwinden.

Die Sekunden verstreichen.

Die Minuten.

Kein Laut.

Masters bleibt verschwunden.

Vor seinem geistigen Augen sieht Rondo einen Apachen, der wie ein Phantom hinter Masters auftaucht und ihm lautlos die Kehle durchschneidet.

„Wo ist er?", fragt Cocta Neal von hinten.

„Weg", sagt Ernie.

Eine Viertelstunde vergeht.

Es bleibt still bis auf das vereinzelte Zwitschern von Vögeln.

Eine halbe Stunde.

„Vielleicht ist er irgendwo zusammengebrochen“, sagt Ernie. „Seine Verletzung ist–“

„Sie sind weg.“

Alle Köpfe rucken zum hinteren Fenster herum, wo Cocta Neal beide Colts hochgerissen hat.

Masters lehnt sich keuchend gegen den Rahmen mit dem zersplitterten Glas. Sein Gesicht ist schweißüberströmt.

„Sie sind weg“, sagt er noch einmal.

36

Sein Name ist Nocona.

Tejano Rangers haben vor vielen Monden sein Dorf überfallen und dem Erdboden gleichgemacht. Nur er und ein gleichaltriges Mädchen namens Lotsee hatten überlebt. Die Ranger schafften die beiden über die Grenze und verkauften sie in einem mexikanischen Dorf.

Lotsee wurde krank und starb. Nocona erinnert sich an ihr bleiches, eingefallenes Gesicht und den leeren Blick ihrer starren Augen, als er eines Morgens in dem Stall neben ihr aufwachte, wo der Farmer, der sie gekauft hatte, sie zusammen mit den Schweinen hielt.

Vor zwei Monden war La Fleur mit seiner Kutsche im Dorf aufgetaucht. Er hatte ihn dem Farmer abgekauft.

Der Mexikaner hatte Nocona nicht besonders gut behandelt, aber das war nichts im Vergleich zu La Fleur. Er prügelte auf ihn ein, wann immer ihm danach war. Oft ohne ersichtlichen Grund. Nocona begann La Fleur zu beschimpfen. Wörter, mit denen ihn der mexikanische Farmer tituliert hatte: *Pendejo. Cabron. Maricon.* Meistens lachte La Fleur nur darüber.

Aber eines Abends, La Fleur hatte von seinem Selbstgebrannten getrunken, schlug er Nocona, weil der die Teller vom Abendessen nicht zu seiner Zufriedenheit gereinigt hatte. Nocona nannte ihn einen *puta de madre*.

Nicht zum ersten Mal.

Aber zum letzten.

Denn der betrunkene La Fleur streckte ihn mit seiner klobigen Faust nieder. Nocona lag benommen am Boden, als La Fleurs Finger seine Zunge packten. Dann kam der Schmerz, ein grauenhafter Schmerz, und Nocona glaubte, an seinem eigenen Blut zu ertrinken. Er verlor das Bewusstsein.

Als er wieder zu sich kam und versuchte, sich etwas Wasser zu erbetteln, wurde ihm klar, was passiert war. La Fleur hatte ihm die Zunge herausgeschnitten. Tage des Fiebers und des Deliriums folgten und Nocona wünschte sich nichts sehnlicher, als zu sterben.

Aber er lebte weiter.

Als La Fleurs Sklave.

Einmal noch versuchte er zu fliehen und bekam dafür La Fleurs Peitsche zu spüren. Die Narben davon zieren seinen Rücken. Er hat sie einmal in einem Spiegel gesehen. Seitdem hat er sich seinem Schicksal ergeben.

Manchmal handelt La Fleur mit den Apachen. Noconas Hoffnung, dass die ihn dem Weißen abkaufen, hat sich nie erfüllt.

Genauso wenig wie der Wunsch, dass der große Weiße, den sie Rondo nennen, La Fleur tötet. Noconas Herz hatte wie wild getrommelt, als Rondo auf den Händler losging. Niemand hatte ihn beachtet, aber er hatte gelächelt, als er zusah, wie Rondo La Fleurs Gesicht in blutigen Klump verwandelte. Dann weinte er stumme Tränen, als die anderen Weißen Rondo stoppten, bevor er La Fleur töten konnte.

Als er heute unter der Kutsche erwachte und sah, dass La Fleur mit drei Männern, die Nocona noch nie zuvor gesehen hatte, die anderen entwaffnet und gefangen genommen hatte, überkam ihn die Verzweiflung wie eine dunkle Wolke.

Er würde La Fleurs Knute nie entkommen.

Es sei denn, er tötet ihn.

Die Jahre der Gefangenschaft hatten grenzenlosen Hass in Nocona geschürt, aber ebenso eine lähmende Angst, die nicht nur seinen Körper, sondern auch seinen Geist zu einem Gefangenen machte. Doch die Nacht, in der der Mann namens Rondo La Fleur verprügelte, hatte ihm verdeutlicht, dass er nicht länger Sklave des Weißen sein musste. La Fleur war ein Mensch und ein Mensch konnte sterben.

Nocona wusste, wo der alte Navy Colt war. Er vergewisserte sich, dass die Waffe geladen war, dann hockte er sich zwischen die Regale mit den Konserven, dem Whisky, den bunten Perlen, Spiegeln, Messern und all dem anderen Krempel, mit dem La Fleur handelte, und wartete, dass der Händler sein Gesicht in der Kutsche zeigte. Nocona würde solange schießen, bis die Waffe leer war. Und wenn die anderen Männer, die er nicht kannte, ihn dafür töten würden, dann war das eben so.

Dann griffen die Apachen an.

Nocona sah sie nicht, aber er hörte die Schüsse und er hörte ihre Kriegsschreie. Die Apachen waren nicht sein Volk. Er wusste nicht, was sie mit ihm machen würden, wenn sie ihn in die Finger bekamen. Nocona blieb in der Kutsche, hielt den Navy Colt umklammert, und wartete darauf, dass jemand die Tür öffnete.

Irgendwann verstummten die Kampfgeräusche.

Stattdessen drangen Schreie an seine Ohren. Keine Kriegsschreie. Es waren Laute, die er nie zuvor gehört hatte. Aber er wusste, dass sie von einem Menschen ausgestoßen wurden. Er wusste, dass diese Schreie über La Fleurs Lippen kamen und er wusste, dass La Fleur einen langen, qualvollen Tod starb.

Tränen rannen über Noconas Gesicht.

Tränen der Freude.

Irgendwann brachen die Schreie ab.

Stundenlang geschah nichts.

Nocona trank aus seiner Wasserflasche, er aß getrocknetes Fleisch und wartete. Müdigkeit überkam ihn und er nickte ein.

Als er jetzt schlagartig seine Augen öffnet, hört er draußen Stimmen. Keine Apachen. Sie sprechen das Englisch der Weißen.

Schritte.

Jemand kommt zur Kutsche.

Noconas Finger krümmt sich um den Abzug des Navy Colts.

Die Tür schwingt auf.

Der Mann namens Rondo sieht ihn mit ausdrucksloser Miene an.

Die Waffe in Noconas Händen beginnt zu zittern.

„La Fleur ist tot“, sagt Rondo.

37

Rondo, Yuma und Cocta Neal hatten noch einmal die Gegend abgesucht. Masters hatte sich nicht getäuscht. Es war, als wären die Apachen nie da gewesen. Keine Toten, keinerlei Spuren bis auf einen Blutfleck im Sand neben der Adoberuine.

Sie fanden La Fleurs Leiche. Ganze Schwaden von Fliegen hatten sich auf seinem gehäuteten Körper niedergelassen. Zwei Geier stritten sich um ein Auge, das sie mit ihren Schnäbeln aus dem Leichnam gehackt hatten.

Sie hörten das Schnauben von Pferden. Im ersten Moment fürchteten sie, die Apachen seien zurückgekommen. Dann entdeckten sie drei ihrer Pferde und eins der Maultiere an dem kleinen Creek, wo sie Gras rupften. Wahrscheinlich waren sie den Apachen entwischt, oder die Roten hatte keine Verwendung für sie und keine Zeit, die Tiere zu schlachten.

Oli Parker blieb verschwunden. Wer weiß, was die Apachen mit ihm angestellt haben.

Nach dem Rondo den Jungen in der Kutsche entdeckte, entfachten sie ein Feuer und kochten Kaffee. Aßen getrocknetes Fleisch, Brot und Hartkäse aus den Vorräten, die Pop Brennan ihnen mitgegeben hatte.

Und jetzt gehen sie zurück zum Minenschacht. Sie hatten ihn heute Vormittag weit genug freigeräumt, um hineinklettern zu können, als die Apachen angriffen.

Ernie und Buck Masters bleiben im Schatten des Saloon-Vordachs zurück. Ernies Wunde scheint sich bereits entzündet zu haben, seine Augen glänzen fiebrig. Masters ist zusehends schwächer geworden. Immer wieder spuckt er Blut. Es kann nicht mehr lange dauern ...

Sie entfachen ein Feuer und nutzen dann brennende Äste als Fackeln, mit denen sie in den Stollen eindringen.

Die Luft ist abgestanden, staubig, faulig. Die Fackeln werfen tanzende Schatten über die Felswände. Ein Skorpion huscht davon.

Sie lassen einander nicht aus den Augen, während sie im Feuerschein den Stollen nach dem Geld absuchen.

Rondo und Pearl suchen natürlich nicht. Als Yuma ihnen für einen Moment den Rücken zugedreht hat, treffen sich ihre Blicke. Was tun? Die Sache so durchziehen, wie es Pearl letzte Nacht vorgeschlagen hat? Unwissenheit vortäuschen und die anderen Stollen durchsuchen? Das zögert ihr Problem nur heraus. Außerdem zweifelt Rondo, dass er das Geld unbemerkt aus dem Brunnen holen kann, wenn die anderen schlafen.

Was immer wir tun, wir müssen es *jetzt* tun, denkt Rondo. Er glaubt, in Pearls Augen denselben Gedanken zu lesen.

Der Stollen ist alt, die Stützbalken morsch. Im Eingangsbereich ist er bereits eingestürzt.

Was, wenn das wieder passiert?

Pearls Augen folgen Rondos Kopfbewegung, als er auf einen schief stehenden Balken deutet. Sie kapiert.

„Hatte Sturges keinen Hinweis in der Karte, wo genau er das Geld versteckt hat?", fragt Cocta Neal, in der einen Hand eine Fackel, die andere immer in der Nähe seines Colts.

Pearl schüttelt den Kopf. „Nein–" Dann schiebt sie sich an Yuma und Cocta vorbei und marschiert mit entschlossenen Schritten in die Dunkelheit. „Aber es muss ja hier sein!"

Sie will die Aufmerksamkeit von Yuma und Cocta Neal auf sich lenken. Es funktioniert. Ihr plötzliches Tempo überrascht die beiden Männer. Sie verschwindet um eine Biegung. Cocta Neal folgt ihr hastig.

Rondo streckt eine Hand nach dem Balken aus, den er ins Auge gefasst hat. Genauso wackelig, wie er aussieht. Ein Schulterstoß sollte genügen ... Möglich, dass er sich und Pearl damit selbst unter den Gesteinsbrocken begräbt – aber das Risiko müssen sie wohl eingehen.

In diesem Moment blickt Yuma zurück in seine Richtung.

Rondo beugt sich vornüber und berührt stöhnend die Schwellung auf seiner Stirn.

Selbst im schummrigen Licht kann er Yumas misstrauische Miene erkennen. „Was ist los?"

„Mein Schädel ..."

„Hier hinten!", ruft Pearl in diesem Moment. Ihre Stimme klingt aufgeregt.

Yuma zögert. Aber seine Gier nach dem Geld gewinnt. Er wendet sich ab und folgt Pearl und Cocta Neal um die Biegung des Stollens.

Rondo lässt den brennenden Ast zu Boden fallen und tritt die Flammen aus. Dann wirft er sich mit der Schulter gegen den Stützbalken. Er gibt sofort nach.

Sand rieselt von der Decke.

Noch einmal, mit voller Wucht.

Ein greller Schmerz fährt durchs Rondos Schulter, ein lautes Knarren schallt durch den Tunnel und ein paar größere Steine fallen von oben herab, einer trifft seinen Hut.

„Pearl!", ruft Rondo in den Stollen hinein und stößt seine Schulter ein drittes Mal gegen den Balken. Noch mehr Gesteinsbrocken und Erde prasseln nach unten.

„Was ist los?!" Coctas Neals verwirrte Stimme.

„Hey–!" Das ist Yuma.

Schnelle Schritte erklingen, dann macht Rondo die Umrisse einer schmalen Gestalt aus, die um die Biegung gerannt kommt. Pearl.

„Schneller!", ruft Rondo, als er sich ein viertes und letztes Mal so hart wie möglich gegen den Balken wirft.

Pearl rennt in dem Moment an ihm vorbei, als der Balken endgültig nachgibt und die Decke über ihnen mit einem Krachen nachgibt.

Rauch steigt auf. Schüsse hallen durch den Stollen.

Ein Gesteinsbrocken trifft schmerzhaft Rondos Schulter, er strauchelt, fängt sich und hastet weiter.

Hinter ihm klingt es, als würde der gesamte Stollen in sich zusammenbrechen, so ohrenbetäubend ist der Lärm. Dennoch hört er Yuma und Cocta Neal panisch schreien.

Vor Rondo erscheint wieder Tageslicht. Pearls Gestalt – nur wenige Schritte entfernt. Er holt sie ein und sie stolpern fast gleichzeitig zurück ins Freie. Die gleißende Sonne sticht in ihre Augen.

Der Schlag in Rondos Magengrube ist so heftig, dass ihm die Luft wegbleibt. Er krümmt sich zusammen; ein weiterer Schlag in den Nacken, der ihn in die Knie brechen lässt.

Pearl stößt einen Schrei aus.

Rondos Hand fährt zu seinem Colt.

Ein Stiefel trifft seine Rippen.

Ein weiterer Schlag, diesmal auf seinen Rücken, dann liegt er flach am Boden. Ein Stiefelabsatz bohrt sich brutal in seinen linken Handrücken.

„Oli!" Yumas überraschte Stimme. Verdammt. Er hat es aus dem Stollen geschafft.

Rondo versucht sich aufzurichten, da spürt er den kalten Stahl einer Pistolenmündung im Nacken.

„Du Hurensohn!", zischt Cocta Neal ihm ins Ohr und spuckt dann eine Ladung staubigen Schleim neben Rondo auf den Boden.

Der Hahn seines Revolvers spannt sich mit hörbarem Klicken.

„Nicht–" Yumas Worte werden von einem Hustenanfall erstickt.

Rondo bleibt bewegungslos auf allen vieren hocken.

Jemand reißt ihm den Colt aus dem Holster.

Der Waffe im Nacken zum Trotz, hebt er den Kopf. Vor ihm steht Oli Parker, einen armdicken Knüppel in der Hand.

Rondo sieht nach rechts. Pearl liegt reglos am Boden. Yuma Madigan steht neben ihr. Er ist von einer dichten Staubschicht bedeckt, sein Körper, sein Gesicht, seine Haare. Blut aus einer Schramme an der Stirn zieht eine dunkle Spur durch den Schmutz.

„Hab mich in einem Erdloch versteckt, als die Apachen

gekommen sind", sagt Oli. „Bin eingeschlafen. Dann hab ich eure Stimmen gehört ..."

Yuma beugt sich über Pearls Körper.

Hat Oli sie ...?

Yuma verpasst ihr eine Ohrfeige. Pearls Arme zucken, ihr Kopf ruckt nach oben.

Sie lebt.

Yumas Hand krallt sich in ihr Hemd und er zerrt sie mit einem Ruck auf die Beine. Sie ist genauso von einer dicken Staubschicht überzogen wie Yuma.

Sie taumelt, blinzelt benommen. „Yuma, was ist passiert–?"

Er zieht ihr den Handrücken durchs Gesicht – der Schlag holt sie wieder von den Füßen. Yuma reißt ihren Kopf nach hinten, dann presst er sein Messer an ihre Kehle. „Wo ist das Geld?!"

Pearl zögert. Ihre geweiteten Augen suchen und finden Rondo. Yuma drückt die Klinge noch fester gegen ihren Hals. Ihr Gesicht verzieht sich vor Schmerz.

„Du gehörst mir, Pearl. Ich weiß, das willst du nicht wahrhaben, aber so ist es nun mal. Ich werde dich nicht töten, auch wenn du versucht hast, mich in dem verdammten Stollen lebendig zu begraben. Du wirst leben. Und ich werde mit dir tun, was ich will! Aber jetzt sagst du mir, wo das Geld ist oder Oli schneidet deinen Freund Rondo in Streifen, so wie's die Apachen mit La Fleur gemacht haben."

Sie zögert immer noch.

„Ich knall den Scheißkerl einfach ab", sagt Cocta Neal hinter Rondo.

„Das Geld ist im Brunnen!"

„Bist du sicher, Pearl?"

„So stand es auf Sturges' Karte. Ich schwöre."

Yuma nimmt die Klinge von ihrem Hals. Er lässt sie aufstehen.

Die Revolvermündung verschwindet aus Rondos Genick. Cocta Neal tritt ihn. „Arsch hoch!"

Rondo kämpft sich auf die Beine. Ihm ist schwindelig. Sein Magen schmerzt, sein Nacken auch und in seinem Schädel spielt eine Kapelle aus betrunkenen Musikern ein grauenhaft lautes Lied. Dann kotzt er Oli Parker vor die Füße.

Der Zwilling flucht und holt mit seinem Knüppel aus.

„Stopp!", ruft Yuma.

Oli lässt den Knüppel widerwillig sinken.

„Gehen wir zum Brunnen", sagt Yuma.

Wenige Minuten später kommen sie wieder unten in der Geisterstadt an. Buck Masters ist bei Bewusstsein. Als er sieht, dass Yuma und Cocta ihre Colts auf Rondo und Pearl richten, runzelt er die Stirn. „Yuma. Was soll das ...?"

„Pearl wollte uns bescheißen. Das Geld war nicht in der Mine."

„Weiber", schnauft Ernie verächtlich. „War mal mit einer verheiratet, die wollte auch jeden Dollar für sich."

Masters erwidert nichts. Er sieht Rondo und Pearl fragend an. Sie schweigen. Es gibt nichts zu sagen.

Sie erreichen den Brunnen. Yuma schielt über den Rand der Steinmauer in die Tiefe. Während Cocta Neal Rondo und Pearl im Visier behält, verschwinden Yuma und Oli im Saloon. Yuma kehrt mit einem Seil zurück und Rondo sieht, dass Oli sich seinen Waffengurt und den seines Bruders umgebunden hat.

Yuma wirft das Seil über den Querbalken des Brunnens. Die Seilwinde, über die sie früher die Eimer in die Tiefe gelassen haben, gibt es nicht mehr. Mit der Hand überprüft Yuma die Stabilität des Querbalkens.

„Okay, Rondo. Zeit zu klettern." Yuma wedelt mit dem Colt. „Na los."

Rondo folgt der Aufforderung. Er wickelt sich das Seil um die Hüften und verknotet es. Er sieht zu Pearl. Ihr rechtes Auge ist von Yumas Schlag geschwollen. Hilflose Wut flackert in ihrem Blick.

Rondo schwingt seine Beine über den Rand der Brunnenmauer. Seine Finger krallen sich um das Seil. „Gut festhalten", sagt er zu Yuma, dann rutscht er von der Mauer und in die Finsternis des Brunnenschachts hinab.

38

Nocona bleibt zurück, als Rondo, der Mann, der wie ein Apache aussieht, die schöne Frau mit den hellen Haaren und der ganz in schwarz gekleidete Fremde den Hang zum Minenstollen hinaufsteigen.

Scheinbar haben Rondo und die anderen Weißaugen nach dem Apachenangriff ihren Streit untereinander begraben. Aber Nocona kann die Anspannung zwischen ihnen spüren. Sie erinnern ihn an Klapperschlangen, die sich zusammengerollt haben und bereit sind, jeden Moment zuzustoßen.

Die beiden verletzten Weißen, die im Schatten des Saloons sitzen, schenken ihm keine Beachtung. Der Alte mit dem grauen Schnurrbart sieht aus, als hätte er nicht mehr lange zu leben.

Und Nocona? Er weiß nicht, was mit ihm passiert, jetzt wo La Fleur tot ist.

Ja, er ist frei, aber was bedeutet das? Wo soll er hin? Wo kann er hin? In eins der Reservate, in die die Weißen sein Volk gesteckt haben?

Seine Familie ist tot, er hat niemanden außer sich selbst. Der Einzige, zu dem so etwas wie Nähe verspürt, ist der Mann namens Rondo. Der einzige Mensch, der jemals etwas für ihn getan hat, seit die *Tejanos* ihn verschleppten. Ihm würde Nocona sich anschließen. Aber er spürt, dass Rondo ein Einzelgänger ist. Vielleicht ist das auch Noconas Schicksal. Allein zu sein ...

Er ist in der Kutsche, als er draußen Stimmen hört, und steckt den Kopf aus der Tür.

Sie sind zurückgekommen. Der Apachenmann und der Mann in Schwarz halten Rondo und die Frau mit ihren Pistolen in Schach. Alle sind von oben bis unten staubbedeckt. Einer der hellhaarigen jungen Männer, die aussehen wie ein Abbild des anderen, ist jetzt bei ihnen. Nocona dachte, er sei tot.

Als Rondo sich ein Seil um die Hüften bindet und in den Brunnen steigt, versteht Nocona nicht, was vor sich geht.

Aber er weiß, dass er dem Mann namens Rondo helfen muss.

Das ist er ihm schuldig.

Seine Finger schließen sich um den Griff des Navy Colts.

Die Männer drehen überrascht die Köpfe, als Nocona au sie zukommt, die Waffe mit ausgestreckten Armen auf sie gerichtet.

Der Apachenmann hält das Seil, an dem Rondo im Brunnen verschwunden ist.

Der Mann in Schwarz sagt etwas zu Nocona.

Er hat die Sprache der Weißen nie gelernt. Er versteht ihn nicht. Aber er kann spüren, dass die Männer ihn nicht ernst nehmen.

Noconas Herz trommelt in seiner schmalen Brust. Schweiß kitzelt seinen Nacken. Er wedelt mit dem Colt.

Er will, dass die Weißen ihre Waffen fallen lassen.

Der Apachenmann redet mit dem Jungen mit den hellen Haaren. Der stößt ein Lachen aus, das Nocona einen kalten Schauer den Rücken hinabjagt. Er zieht ein großes Messer hinter seinem Rücken hervor. Und geht damit furchtlos direkt auf Nocona zu.

Die Waffe in Noconas Händen hält sechs Kugeln.

Er könnte jedem der weißen Männer eine Kugel verpassen.

Vorausgesetzt, er trifft ...

Sein Finger krümmt sich um den Abzug.

Nichts geschieht.

Noch einmal.

Wieder nichts.

Der Hellhaarige mit dem Messer ist kurz stehengeblieben. Jetzt kehrt das kalte Lächeln auf seinem Gesicht zurück. Hinter ihm stößt der Mann in Schwarz ein spöttisches Lachen aus.

Nocona lässt die Waffe fallen, wirft sich herum und rennt, so schnell er kann.

Hört, dass jemand seine Verfolgung aufnimmt.

Nocona schlägt einen Haken um die Ecke eines der verwitterten Häuser. Der Boden steigt steil an, aber das hält Nocona nicht auf. Er ist leicht und er ist schnell.

Ein Blick über die Schulter. Der Mann mit dem Messer ist nicht weniger schnell. Und ihm dicht auf den Fersen.

Nocona bückt sich nach einem Stein und wirft ihn. Er hätte getroffen, aber der Mann duckt sich rechtzeitig.

Nocona hastet weiter.

Flüchtet sich zwischen eine Gruppe von Douglasfichten, hebt im Laufen einen weiteren Stein auf. Als er die Deckung der Bäume wieder verlässt, bemerkt er den Weißen, der von rechts auf ihn zurennt.

Nocona schleudert den Stein mit aller Kraft.

Diesmal trifft er.

Auch wenn der Weiße im letzten Moment den Arm hebt, so dass der Stein nicht in sein Gesicht, sondern gegen seinen Unterarm prallt. Er stößt einen Schmerzensschrei aus.

Nocona erreicht eine Bodenwelle, dahinter dichte Manzanita-Sträucher. Er wirft sich kopfüber hinein. Die rotbraunen Äste zerkratzen sein Gesicht, einer verfehlt nur knapp sein Auge. Nocona krabbelt hektisch auf allen vieren durch das Gestrüpp.

Er stoppt. Hält inne.

Hat der Weiße gesehen, dass er sich in das Buschwerk geflüchtet hat? Er blickt vorsichtig zurück.

Der Mann steht nur wenige Meter entfernt. Das helle Haar klebt schweißnass auf seinem Gesicht. Seine Augen flackern suchend hin und her.

Er weiß nicht, wo ich bin.

Noconas Erleichterung währt nur wenige Sekunden, denn im nächsten Moment schlingt sich ein kräftiger Arm um seinen Hals und eine schwielige, schmutzige Hand verschließt ihm den Mund.

39

Rondo sieht die Brunnenöffnung über sich immer kleiner werden, als Yuma ihn in den Schacht hinablässt. Dunkelheit umfängt ihn. Die aus grobem Stein gemauerten Wände gleiten an ihm vorbei.

Cocta Neals Stimme dringt zu ihm herab. „Was soll das? Was willst du mit der Kanone. Die ist doch viel zu groß für dich."

Mit wem redet er?

Kurz darauf Yuma: „Schneid ihm die Ohren ab, Oli. Und dann den Kopf."

Olis kehliges Lachen.

Rondo versteht. Es ist der Junge. Sie haben es auf den Jungen abgesehen. Und er kann ihm nicht helfen.

Versinkt immer tiefer im Brunnenschacht.

Rondo verdrängt den Jungen aus seinen Gedanken.

Dann treffen seine Stiefel auf den Boden, ein schmerzhafter Stoß jagt seine Wirbelsäule hinauf. Hier unten ist die Luft kühler. Die Erde zu seinen Füßen noch feucht vom Regen des Monsuns.

Nur wenig Tageslicht dringt zu ihm herab. Rondo kneift die Augen zusammen.

Etwas huscht über den Boden. Eine Tarantel, die sich von seinem Besuch gestört fühlt.

Eine halbe Drehung, dann macht er die beiden Holzkisten im Halbdunkel aus. Rechteckig, circa einen Meter lang, einen halben Meter breit, dreißig Zentimeter tief. Eine im Dunkel nur schwer lesbare Schrift, die in den Deckel gebrannt ist. Er braucht sie nicht lesen zu können, um zu wissen, was sie bedeutet: US ARMY.

Die Beute von Marvin Sturges und seinen Komplizen. Die Lohngelder der Armee. Fünfzigtausend Dollar.

„Bist du angekommen?", ruft Yuma von oben.

Rondo zögert, dann bejaht er.

„Ist das Geld da?"

Er seufzt. „Ja."

„Wie viele Kisten?"

„Zwei."

„Du weißt, was zu tun ist."

Rondo löst das Seil von seinen Hüften, dann beginnt er es um die erste der beiden Kisten zu schlingen und verknotet es. Fest genug, damit das Ding nicht aus der Schlinge rutscht und ihm auf den Schädel fällt.

„Zieh!", ruft er nach oben.

Die Kiste schwebt an ihm vorbei in Höhe. Rondo drückt sich an den Rand der Brunnenwand, man weiß ja nie. Ihm gegenüber hockt die Tarantel, die wohl darauf wartet, dass er endlich wieder aus ihrem Zuhause verschwindet. Rondo sieht, wie sich Cocta Neal oben über die Mauer beugt und die Kiste in Empfang nimmt.

Kurz darauf fällt das Seil wieder nach unten. Rondo verschnürt die zweite Kiste, seine Augen folgen ihr auf dem Weg nach oben und in Cocta Neals Hände.

Es geschieht das, von dem er wusste, dass es geschehen würde.

Yuma zieht das Seil nach oben.

„Mach's gut, Rondo."

Er hört ihre Schritte und das Scharren der Geldkisten, die über den Boden gezogen werden.

Dann ist er mit der Tarantel allein.

Aber wenigstens sind seine Kopfschmerzen verschwunden.

40

Als die Patrouille zurückkehrt, sitzt Lieutenant Tyreen mit einem kalten Tee im Schatten des Offizierscasinos. Wenn man sich nicht bewegt, ist die Hitze zu ertragen.

Zwei Waschfrauen passieren das Adobegebäude. Die eine ist eine junge Schwedin mit fassförmigem Körper, die andere eine Chiricahua-Squaw, der sie im Reservat die Nase abgeschnitten haben, weil sie ihren Mann betrogen hat.

Die Schwedin schenkt Tyreen ein schüchternes Lächeln. Er hebt seine Teetasse zum Gruß. Er könnte die Schwedin jederzeit haben. Sie ist hübsch, aber zu fett für seinen Geschmack.

Außerdem hat er Pearl. Der Gedanke an ihren letzten Besuch, an ihren nackten, schweißüberströmten Körper in seinem Bett und an den schweren, süßlichen Dufts ihres Parfüms lässt Tyreen unwillkürlich mit der Zunge über die Lippen fahren.

Hinter den beiden Frauen zügeln die Männer der Patrouille ihre Pferde in einer Staubwolke. Sergeant Caan und Shakko, der Mescalero-Scout, haben Tyreen gesehen und kommen direkt auf ihn zu.

Tyreen stellt die Tasse neben dem Stuhl am Boden ab und richtet sich auf. Er sieht es den beiden Männern an. Schlechte Nachrichten.

„Die Apachen haben Pop Brennans Ranch überfallen“,

berichtet der Sergeant wenige Augenblicke später. „Haben ihn und seine beiden Mexikaner massakriert."

Tyreens Magen zieht sich zusammen. „Was ist mit Brennans Nichte?"

Der Sergeant schüttelt den Kopf. „Entweder war sie nicht da oder die Roten haben sie mitgenommen."

Tyreen atmet tief durch. Der Gedanke an Pearl in der Gewalt der Apachen ist beinahe unerträglich.

„Oder sie ist mit den anderen vorher weggeritten", sagt der Sergeant jetzt.

Tyreen runzelt die Stirn. „Welche anderen? Wovon reden Sie?"

Der Sergeant lässt Shakko antworten: „Sechs beschlagene Pferde. Drei Maultiere. Haben Ranch vor Angriff verlassen."

„Und du bist sicher, dass das vor dem Angriff war?"

Der Mescalero mit der langen Narbe unter dem rechten Auge nickt. „Chatos Männer kommen Mittag. Andere Spuren älter. Gestern morgen."

Der Erleichterung, dass Pearl den Roten wohl doch nicht in die Hände gefallen ist, folgt ein anderes Gefühl. Eine dunkle Vorahnung. Sechs Reiter und Maultiere ...

„Wohin führen die Spuren? Die der beschlagenen Pferde?"

„Süden", antwortet Shakko. „Apache auch."

Hitze steigt in Tyreen auf. „Sergeant. Erstatten Sie Captain Madden Bericht. Ich komme gleich nach."

Ohne auf eine Erwiderung zu warten, überquert Tyreen unter der gleißenden Sonne den Exerzierplatz und betritt sein Quartier. Das Herz hämmert in seiner Brust, als er die gerahmte Landkarte von der Wand nimmt.

Ein Wutschrei kommt über seine Lippen, er schleudert die Landkarte quer durch den Raum. Der Rahmen zerbricht.

Das Miststück hat ihn die ganze Zeit an der Nase herumgeführt. An seinem Schwanz, genauer gesagt. Und er hat sich führen lassen wie ein treudoofer Köter.

Wieso hat er ihr nur von Karte erzählt?

Weil du sie beeindrucken wolltest, du armseliger Narr.

Pearl hat den gefahrvollen Weg vorletzte Nacht nicht auf sich genommen, weil sie ihn sehen wollte. Sie war nur gekommen, um ihm Marvin Sturges' Karte zu stehlen. Während ihre Komplizen auf der Ranch von Pop Brennan, der garantiert auch nicht ihr Onkel ist, auf sie gewartet haben.

Fünf Minuten später steht Tyreen mit Sergeant Caan und Shakko im Büro ihres Kommandeurs Captain Madden.

Der hat beschlossen, morgen früh mit dem kompletten Trupp H, knapp einhundert Mann, auszurücken, um Chatos Blutspur durch das Territorium endlich zu beenden. Rationen für eine Woche, Aufbruch vor Sonnenaufgang. Madden, ein ehemaliger Jurastudent aus Indiana, weiß genauso gut wie Tyreen, dass er das schon viel früher hätte tun sollen. Aber der Captain ist nicht für seine Entscheidungsfähigkeit bekannt und hatte seit Tagen auf eine Anordnung aus Camp Grant gewartet, die bislang nicht gekommen ist.

Tyreen räuspert sich. „Sir, wie Sie vielleicht wissen, unterhalte ich Beziehungen zu Mister Brennans Nichte. Ihre Leiche wurde nicht gefunden. Falls sie in die Hände der Roten gefallen ist, zählt jede Minute."

Madden mustert ihn. „Vor morgen früh sind wir nicht abmarschbereit."

„Ich brauche nur ein paar Männer. Und Shakko."

„Ich habe Verständnis für Ihre Gefühle, Lieutenant. Aber unterschätzen Sie die Apachen nicht."

„Ich bin vorsichtig, Sir."

Madden zögert einen Moment, dann nickt er. „Aber wenn Sie die Bande finden, greifen Sie nicht an. Sie beobachten nur. Und warten, bis wir zu Ihnen stoßen."

„Selbstverständlich, Captain."

Eine Stunde später reitet Lieutenant Tyreen mit Shakko und vier ausgesuchten Kavalleristen im goldenen Licht der Spätnachmittagssonne nach Süden. Er hat sich die Details von Sturges Karte nicht eingeprägt, aber wie die Apachen vor ihnen brauchen sie nur den Spuren von Pearl und ihren unbekannten Begleitern folgen. Für einen erfahrenen Fährtenleser wie Shakko nicht allzu schwer.

Eigentlich wollte Tyreen die Angelegenheit sauber und unauffällig durchführen. Bis zum Ende seiner Dienstzeit warten und erst dann das Geld aus Sturges Versteck holen. Bis dahin hätte sich die Apachensituation wahrscheinlich beruhigt und niemand hätte je etwas bemerkt.

Genau das hat Pearl ausgenutzt. Sie wusste, was er plante.

Ja, weil du nur noch mit deinem Schwanz gedacht hast.

Tyreen gibt sich ein Versprechen: Wenn die Roten Pearl nicht bereits gefunden und getötet haben, dann wird er es tun.

Er hat gar keine andere Wahl.

41

Es ist wieder eine sternenklare Nacht. Die Weißen unten in Cooper's Well wähnen sich in Sicherheit. Chato hat sie beobachtet, als sie die beiden Holzkisten aus dem Brunnen zogen. Das muss das Geld sein.

Er wusste, dass es sich lohnen würde auszuharren. Genauso, wie die drei Pferde und das Maultier für sie zurückzulassen.

Chato wird die Weißen unbehelligt aus den Bergen in die Wüste reiten lassen. Sie sollen sich ganz sicher sein, dass ihnen keine Gefahr mehr von den Apachen droht. Und dann, wenn sie nicht mehr damit rechnen und ihre Wachsamkeit nachlässt, wird er zuschlagen.

Der Junge, der für den Händler La Fleur gearbeitet hat, sitzt in der Dunkelheit und nagt an dem kalten Fleisch, dass einer der Krieger ihm gegeben hat. Er ist kein Apache. Comanche vielleicht. Oder Kiowa. Egal. Chato wird aus ihm einen Krieger machen. Einen Apachen. Sie brauchen jeden Kämpfer, den sie bekommen können.

Lozen ist seit heute morgen in Gedanken versunken. Sie hatte Chatos Weigerung, sich nach Mexiko und zu Victorio zurückzuziehen, widerspruchslos akzeptiert. Er weiß aber auch, dass einige der anderen Krieger inzwischen unruhig geworden sind. Die blutige Spur, die sie in den vergangenen Wochen durch Arizona gezogen haben, muss über kurz oder lang eine Reaktion der Armee provozieren.

Aber Chato schert sich nicht um seine Sicherheit. Er will kämpfen und töten, und dafür braucht er Waffen. Die wird er mit den Dollars der Weißen bekommen. Victorios Dank wird ihm sicher sein, wenn er mit einer Ladung Gewehre und Munition in sein Lager einreitet.

Als Chato von dem Felsen rutscht, von dem aus er die Minenstadt unten im Tal beobachtet hat, und sich umdreht, steht Lozen mit ausgestreckten Armen in der Mitte der verbliebenen Krieger.

Sie ist nicht nur eine Kriegerin, die es mit jedem Mann aufnehmen kann, sie ist auch eine Heilerin.

Und sie hat die Macht der Visionen.

Wie die, den Aufenthaltsort ihrer Feinde zu bestimmen. Sogar die Größe ihrer Streitmacht.

Vielleicht ist es das, was sie schon den ganzen Tag umtreibt.

Chato beobachtet, wie Lozen sich langsam im Kreis zu drehen beginnt. Die Fransen ihres Lederkleids beginnen zu flattern. Ihre Stimme trägt ein leises Gebet an Ussen in den Nachthimmel. Ihre Drehungen werden schneller. Ihr langes Haar streckt sich in der kühlen Nachtluft.

Als sie schließlich stoppt, blickt sie auf ihre ausgestreckten Handflächen. Sie schließt die Augen und verharrt für einige Minuten. Ihre Arme sinken. Sie sucht und findet Chato im Kreis der Krieger.

Lozen blickt ihm in die Augen. „Die Soldaten der Weißaugen kommen."

42

Buck Masters hat Schwierigkeiten, einen klaren Gedanken zu fassen. Er spürt, wie ihn mit jeder Minute das Leben ein Stück mehr verlässt. Immer wieder driftet er in minutenlangen Schlaf ab. Trotzdem hat er mitbekommen, wie Rondo in den Brunnen hinabgelassen wurde und Yuma anschließend zwei große Holzkisten herauszog.

Die gestohlenen Lohngelder.

Als er einmal mehr erwacht, ist es Nacht. Der Mann namens Ernie sitzt nicht mehr neben ihm. Buck Masters fröstelt. Er bittet um eine Decke, aber niemand hört ihn.

Für einen Moment ist sein Blick klar genug, dass er die Sterne am Himmel über Arizona funkeln sehen kann. Ein wunderschöner Anblick.

Als er das nächste Mal erwacht, verspürt er einen stechenden Schmerz. Es ist nicht der Pfeil in seinem Rücken und seinen Eingeweiden. Dort fühlt sich alles taub an.

Nein, dieser Schmerz ist frisch.

Jemand hockt vor ihm.

Er blinzelt.

Oli Parker grinst ihn an. „Zeit zu gehen, alter Mann."

Buck Masters bemerkt die Spitze von Olis Messer, die sich wenige Zentimeter in seine Brust gebohrt hat. *Hurensohn,* denkt er.

Der Schmerz wird greller, als Oli das Messer ganz langsam und Stück für Stück immer tiefer in seinen Brustkorb drückt.

Buck hört sein eigenes Stöhnen.

Dann verschwimmen die Gesichtszüge von Oli Parker.

Als sie wieder Form annehmen, ist es eine lächelnde junge Frau, die statt Oli vor ihm kniet.

Buck kennt sie.

Ihr Name ist Natalie Wolstock und sie ist Kellnerin in einem Restaurant in Abilene.

Buck hat sie erschossen.

Natalie lächelt, als wäre sie niemals gestorben.

Oder als würde sie ihm verzeihen.

Buck Masters ist unendlich erleichtert und ergreift Natalies ausgestreckte Hand.

43

Sie haben die Pferde gesattelt und die Geldkisten auf dem Maultier festgezurrt. Niemand war überrascht, als sie feststellten, dass Buck Masters in der Nacht gestorben war. Nicht mal Pearls stoische Miene zeigte eine Regung.

Nur Yuma bemerkte die Stichwunde und den Blutfleck auf der Brust des Toten und wusste, dass Oli Masters' Weg auf die andere Seite beschleunigt hatte. Der Junge ist nachtragend. Er hat nicht vergessen, dass Masters auf ihn losgegangen ist, als er den Apachen folterte.

Cocta Neals Komplize Ernie kann kaum alleine laufen. Die Entzündung wütet in seinem Bein, das Fieber in seinem ganzen Körper. Sie haben nur drei Pferde. Pearl muss bei Yuma mitreiten. Und Ernie bei Cocta Neal. Aber er wird sie nur aufhalten.

Genau das sagt Yuma zu Cocta, als sie sich außer Hörweite der anderen befinden.

„Ernie ist mein Partner", erwidert Cocta Neal.

Yuma zuckt mit den Schultern. Er steigt in den Sattel und streckt die Hand nach Pearl aus.

Sie blickt zum Brunnen.

„Vergiss ihn, Pearl."

Pearl erwidert nichts. Sie hat seit gestern kein Wort mehr mit ihm gesprochen. Yuma ist das gleich. Irgendwann wird sich das wieder ändern. Und bis dahin bleibt ihm ihr Körper. Schließlich ergreift Pearl seine Hand und lässt sich von ihm auf den Rücken des Pferdes ziehen. Sie schlingt die Arme um seine Hüften. Dabei streift ihre Hand den Revolver im Holster vor seinem Bauch.

„Denk nicht mal dran", sagt Yuma.

Oli sitzt bereits im Sattel, als Cocta Neal sein Bein über den Pferderücken schwingt. Ernie steht mit schweißglänzendem Gesicht und geröteten Augen daneben. „Ich weiß nicht, ob ich's so schaffe, Cocta ... Vielleicht sollte ich zuerst aufsteigen. Du ... musst mir helfen.

Cocta Neal seufzt. „Sorry, Ernie, aber ich glaube, es gibt keine andere Lösung."

Ernie blinzelt verwirrt, dann kracht der Colt, den Cocta Neal gezogen hat, und Ernies Hinterkopf explodiert in einem Schauer aus Blut. Sein lebloser Körper sackt in den Staub.

Yuma hört Pearl hinter sich entsetzt nach Luft schnappen.

Cocta Neal schiebt den Colt zurück ins Holster. „Reiten wir."

44

Nachdem das Echo des Schusses verklungen ist, ertönt Hufgetrappel. Es entfernt sich, wird leiser und ist schließlich nicht mehr zu hören.

Rondo hat geschlafen. Natürlich nicht besonders gut. Einmal wurde er wach, weil die Tarantel über sein Gesicht kroch. Kein schönes Gefühl. Er hielt den Atem an. Die Spinne krabbelte weiter und Rondo fiel zurück in eine Art Dämmerschlaf.

Jetzt hat er sich aufgerichtet und blickt durch die Brunnenöffnung hinauf in den Morgenhimmel. Es gibt unzählige Einbuchtungen und Ritzen in der aus Felsbrocken gebauten Brunnenwand.

Er hat nur eine Chance. Wenn er abstürzt, wird er sich garantiert irgendeinen Knochen brechen. Und dann war's das.

Er zieht die Stiefel aus und schiebt sie hinten in sein Hemd. Stopft die Socken in seine Hosentaschen.

Dann streckt er die Arme aus und seine Finger finden die erste Einbuchtung. Er zieht sich nach oben. Sucht nach Halt für seine Füße, findet aber keinen – rutscht ab.

Auf ein Neues.

Halt für die Finger.

Dann die Füße.

Hochziehen.

Wieder Halt für die Finger.

Eine Felskante für seinen linken Fuß.

Eine Spalte für die Zehen seines rechten.

Und so geht es weiter.

Stück für Stück.

Auf der Hälfte der Strecke ist er schweißgebadet. Jeder Muskel in seinem Körper ist zum Zerreißen gespannt.

Er verliert jegliches Zeitgefühl.

Blickt nicht nach oben.

Konzentriert sich nur auf seine Hände und Füße, auf Furchen, Spalten und Kanten im Gestein.

Irgendwann fällt warmer Sonnenschein auf sein Gesicht.

So kurz vor dem Ziel. Wenn er jetzt abstürzt ...

Halt's Maul!

Als er den rechten Arm über den Rand der Brunnenwand schiebt, rutscht sein linker Fuß ab – ein Ruck – seine zu einer Klaue geformten Finger krallen sich fest.

Sein Herz rast.

Er findet neuen Halt für seinen Fuß.

Drückt sich nach oben, zieht mit dem rechten Arm, bis sein Oberkörper über der Brunnenwand hängt. Die Kraft verlässt seine Beine. So bleibt er hängen. Seine Muskeln zittern, Schweiß und Tränen brennen in seinen Augen, sein Herz pumpt wummernd Blut durch seine Adern.

Er gibt sich einen weiteren Ruck, schwingt die Beine über die Mauer und landet hart am Boden. Er weiß nicht, wie lange er so liegenbleibt, bevor er die Kraft findet sich aufzurichten. Er zieht Socken und Stiefel wieder an. Seine Beine hören nicht auf zu zittern.

Fliegen kreisen surrend über einer Leiche, nur wenige Meter entfernt.

Ernie.

Rondo wankt zum Saloon. Unter dem Vordach liegt Buck Masters. Sein Gesicht sieht friedlich aus.

Die restliche Ausrüstung findet er im Schankraum. Die Sättel von Buck, Pearl, Ken Parker, Walon und Ernie. Sogar einige der Waffen haben sie zurückgelassen. Darunter auch seinen Colt und die Winchester.

Er stillt seinen Hunger mit Biscuits aus seinen Satteltaschen, den ersten Durst mit den Resten aus einer Wasserflasche. Lädt das Gewehr und den Revolver.

Der Junge ist nirgends zu finden. Rondo glaubt nicht, dass sie ihn mitgenommen haben. Das lässt nur einen anderen Schluss zu. Er ist tot.

In La Fleurs Kutsche findet Rondo einen kleinen Baumwollbeutel, in den er Dörrfleisch und Biscuits stopft. Anschließend füllt er die Wasserflasche am Creek und hängt sie sich über die Schulter.

Dann läuft er los.

45

Der Monsun hat den ohnehin beschwerlichen Trail an manchen Stellen beinahe unpassierbar gemacht. La Fleurs Kutsche hätte es über diesen Weg nie zurückgeschafft.

Direkt vor ihnen haben die Regenfälle einen ganzen Hang ins Rutschen gebracht und eine gut drei Meter breite Lücke in den Weg gerissen. Keine Chance, die Pferden da rüber zu bekommen. Deshalb hacken Yuma, Oli und Cocta Neal mit ihren Messern junge Fichten mit schmalen Stämmen ab, um daraus eine Brücke für die Pferde zu bauen.

Pearl sitzt auf einem Felsen und sieht zu. Yuma hat sie nicht gefesselt. Warum sollte er? Sie hat keine Möglichkeit zur Flucht.

Sie denkt an Rondo, den sie im Brunnen zurückgelassen haben. Er wird verhungern und verdursten. Langsam und qualvoll. Kein schöner Tod.

Pearl glaubt Yuma, wenn er sagt, dass er sie nicht töten wird. Nicht mal für ihren Verrat und den Versuch, ihn ihm Stollen zu begraben. Dafür ist sein Verlangen nach ihr zu groß. Sicher, sie ist jetzt seine Gefangene und muss tun, was er von ihr verlangt. Aber irgendwann bekommt sie ihre Chance. Nicht heute, nicht morgen, vielleicht erst in ein paar Wochen oder Monaten. Und wahrscheinlich wird es keine schöne Zeit. Aber sie hat in ihrem Leben schon eine Menge unschöner Dinge überstanden. Sie ist zuversichtlich, dass es ihr auch diesmal gelingt.

Die Männer verschnüren mehrere Fichtenstämme mit Lederbändern. Dann schieben sie die knapp anderthalb Meter breite, provisorische Brücke über den weggespülten Teil des Trails. Sie reißen Büsche aus und bedecken damit die Baumstämme.

Dann führt Oli Parker als Erster sein Pferd hinüber. Ganz langsam. Die Kiefernstämme biegen sich unter dem Gewicht, das Pferd schnaubt nervös, es ist eine verdammt haarige Angelegenheit. Aber zum Glück ist die Strecke kurz.

Yuma winkt Pearl zu. „Jetzt du."

„Sie nimmt mein Pferd", sagt Cocta Neal. „Ich das Maultier."

Pearl versteht, warum er das Maultier führen will. Alleine auf der wackligen Brücke wäre er Yuma und Oli hilflos ausgeliefert. Sie könnten ihn ohne Weiteres mit Blei vollpumpen. Aber wenn er das Maultier an der Leine hat, würden sie riskieren, dass das Tier mitsamt der Beute abstürzt. Der Hang darunter ist steil und unübersichtlich. Es könnte unmöglich werden, die Kisten mit dem Geld zu bergen. Das werden Yuma und Oli nicht riskieren.

Ist Yuma wirklich bereit, die Beute mit Cocta Neal teilen? Der Outlaw ist auf der Hut, er lässt weder Yuma noch Oli eine Sekunde aus den Augen. Er traut ihnen genauso wenig wie sie ihm.

Was geht wohl hinter Cocta Neals Stirn vor? Wird er die Hälfte seiner Beute den anderen überlassen oder hat er womöglich noch einen Trumpf im Ärmel, von dem niemand etwas ahnt?

Pearl greift nach den Zügeln von Cocta Neals Pferd und betritt die selbst gebaute Brücke. Die Stämme wippen unter ihrem Gewicht. Die Muskeln unter den Flanken des Pferdes zittern. Schweiß rinnt Pearls Stirn hinab, ihr Puls beschleunigt sich.

Dann ist sie auf der anderen Seite. Als nächster folgt Cocta Neal. Das Maultier scheint im Vergleich zu den Pferden kein bisschen nervös.

Schließlich überquert Yuma den Abgrund und steigt auf der anderen Seite sofort wieder in den Sattel. „Na los. Wir haben fast zwei Stunden verloren. Ich will aus den Bergen sein, bevor es dunkel wird."

Als er Pearl hinter sich in den Sattel zieht, glaubt sie für einen kurzen Moment, eine Bewegung in den Bäumen oberhalb von ihnen bemerkt zu haben. Sie wischt sich den Schweiß aus den Augen. Sind das die Apachen, die doch noch in der Nähe sind und ihnen auflauern?

Sie will Yuma gerade darauf aufmerksam machen, als sie wieder etwas sieht. Ganz kurz nur, Sekundenbruchteile, aber sie erkennt ihn trotzdem.

Pearls Herz beginnt zu rasen.

Rondo lebt.

46

Er hatte sich keine großen Chancen ausgerechnet, sie einzuholen. Aber was blieb ihm anderes übrig?

Nichts.

Seine Kehle ist ausgedörrt, obwohl er die ganze Zeit über Kieselsteine gelutscht hat, um den Speichelfluss im Mund zu fördern. Seine Füße brennen. Die verdammten Stiefel sind nun mal nicht zum Laufen gemacht.

Er will gerade anhalten, um sich einen Schluck aus der Wasserflasche zu gönnen, als er die Pferde hört. Dann Stimmfetzen. Er kann sein Glück nicht fassen.

Rondo verlässt den Weg und steigt den Hang hinauf. Kriecht auf allen vieren von Fels zu Fels, von Baumstamm zu Baumstamm, von Busch zu Busch.

Dann sieht er sie. Wenige Meter unter sich. Sie haben eine provisorische Brücke gebaut, um den vom Monsun weggespülten Trail zu überbrücken. Der Schusswinkel von hier oben ist nicht gut genug, um sie alle schnell hintereinander aus den Sätteln zu schießen.

Er braucht eine bessere Position. Dafür muss er sie überholen, solange sie noch langsam sind.

Er rennt wieder los. Und sieht, wie Pearl ihren Kopf in seine Richtung dreht. Im nächsten Moment ist er bereits wieder in der Deckung eines Felsens.

Hat sie ihn gesehen? Möglich. Wichtig ist nur, dass keiner

von den anderen auf ihn aufmerksam geworden ist. Oder Pearls Reaktion bemerkt hat.

Rondo hastet weiter.

Weniger Bäume, mehr von den braunvioletten Rhyolith-Türmen, durch die der Trail führt, den La Fleur ihnen gezeigt hat, direkt bis zum gigantischen Fels, der aussieht wie die Umrisse eines Bären.

Kleine Steinbrocken lösen sich unter seinen Stiefelabsätzen und kullern den Hang hinab. Möglich, dass sie das unten auf dem Trail hören, aber sehen können sie ihn hier oben nicht.

Der Boden vor ihm fällt plötzlich steil ab.

Rondo lässt sich auf den Hosenboden fallen und rutscht den Hang in einer Staubwolke hinab. Sekunden später befindet er sich in einem Labyrinth aus Vulkangestein. Das Hemd klebt schweißnass an seinem Rücken. Er wischt sich mit dem Unterarm durchs Gesicht.

Vernimmt den dumpfen Laut von beschlagenen Hufen. Der Trail ist irgendwo zu seiner Linken. Er hat sie überholt.

Rondo legt die Wasserflasche und den Baumwollbeutel am Boden ab. Eine Eidechse huscht durch den Sand davon.

Das Geräusch der Hufe jetzt in unmittelbarer Nähe.

Rondo hebelt eine Patrone in den Lauf der Winchester, dann tritt er um den Turm aus Lavagestein herum und steht mitten auf dem Trail.

Vor ihm die überraschten Gesichter von Yuma Madigan, Cocta Neal und Oli Parker.

Rondo reißt die Winchester an die Schulter und feuert.

47

Chato hört die Pferde der Weißaugen.

Sie kommen.

Sie liegen in unmittelbarer Nähe des Bärenfelsens auf der Lauer. Nur Baishan und Kawa sind bei ihm geblieben. Der alte Martine und die sechs anderen sind mit Lozen geritten.

Lozen.

Chato respektiert ihre Vision, aber auf das Geld der Weißen zu verzichten, für das sie in Cooper's Well so hart gekämpft haben, kommt für ihn nicht in Frage.

Lozen hatte heute früh darauf bestanden, sofort nach Mexiko zu gehen. Ihre Vision war stark, sagte sie. Viele Soldaten kommen und sie müssen fliehen, solange der Weg nach Süden frei ist. Sie hätten bereits zu viele Brüder verloren und man müsse wissen, wann ein Kampf vorüber ist, argumentierte sie. Auch wenn sie die Mörder Kuruks gerne persönlich gerichtet hätte. Dafür werden sie in Zukunft andere Weißaugen töten. Nur nicht hier und nicht jetzt.

Aber Chato will nicht nach Mexiko. Nicht ohne das Geld der Weißaugen. Das Risiko auf Soldaten zu treffen, ist es ihm wert.

Also hatten sie die Krieger vor die Wahl gestellt. Jedem stand frei, sich entweder Chato oder Lozen anzuschließen.

Die Mehrzahl hatte sich für Lozen entschieden. Das hatte Chato geahnt. Lozens Kraft als Heilerin und Seherin ist groß und wird respektiert. Vor einer halben Stunde hatten sie einander viel Glück gewünscht und sich getrennt.

Die Geräusche der Weißen kommen näher. Bald werden sie in Sichtweite sein. Es sind nur noch drei Männer. Und die Frau mit den goldenen Haaren, die Chato zu seiner Sklavin machen wird. Bis er sie tötet. Vielleicht kann er sie auch an die Mexikaner verkaufen.

Er sieht zu dem stummen Jungen, den er bei sich behalten hat. Der weicht seinem Blick aus. Chato packt sein Kinn und zwingt ihn, ihm in die Augen zu sehen. „Wir töten die Weißaugen", sagt er auf Apache zu ihm. Chato weiß nicht, wie viel er versteht, aber der Junge nickt.

Chato zieht einen Colt aus dem Gürtel an seiner Hüfte. „Wenn ich dir sage, du sollst sie töten, dann tust du es."

Der Junge nimmt den Colt und nickt.

Baishan stößt Chato an.

Da sind sie.

Drei Reiter und ein Maultier, auf dem die beiden Holzkisten festgezurrt sind. Die Frau sitzt hinter dem langhaarigen Weißen.

Chato drückt sein Gewehr an die Schulter. Baishan auch. Er kann Kawa auf der anderen Seite des Trails nicht sehen, aber er weiß, dass der junge Krieger bereit ist. Mit etwas Glück ist die ganze Sache in wenigen Sekunden vorüber.

Und dann ist da plötzlich ein vierter Weißer, der erscheint wie ein böser Geist.

Chato erkennt ihn sofort. Der Mann, den sie in Cooper's Well im Brunnen zurückgelassen haben. Irgendwie ist er da rausgekommen.

Jetzt ist er hier und fängt an zu schießen.

48

Yuma hat bei Rondos überraschendem Auftauchen ruckartig die Zügel angezogen. Sein Pferd reißt den Kopf hoch und das rettet Yuma das Leben.

Rondo Kugel trifft den Hals des Tieres.

Aber er hört nicht auf zu schießen.

Seine nächste Kugel stößt Oli Parker rücklings aus dem Sattel.

Dann bellen die beiden Colts von Cocta Neal, der sich vom Pferd geworfen hat.

Rondo hört die Kugeln an sich vorbeisausen, eine trifft den Felsturm zu seiner Linken und schießt jaulend als Querschläger in den Himmel.

Die Vorderläufe von Yumas getroffenem Pferd knicken ein. Es bricht in einer großen Staubwolke zusammen. Rondo sieht Pearls Haare flattern, aber sein Augenmerk bleibt auf Cocta Neal, der sich aufgerichtet hat und mit einem Colt in jeder Hand schießend auf ihn zukommt.

Ein brutaler Schlag reißt ihm die Winchester aus den Händen. Cocta Neals Geschoss hat die Waffe getroffen. Besser die Winchester als ihn.

Rondo geht in die Knie, der Colt fliegt ihm in die Linke. Die Handfläche seiner Rechten reißt den Hahn zurück, sein Zeigefinger krümmt sich um den Abzug.

Cocta Neal zuckt zusammen, er verliert eine Waffe, aber mit der anderen schießt er weiter.

Rondos nächste Kugel durchschlägt seinen Hals und zerfetzt seinen Kehlkopf.

Noch während Cocta Neals Körper vornüber zu Boden schlägt, schwenkt Rondo den Colt nach rechts – wo Oli Parker in die Deckung eines Felsens stolpern will. Rondo schießt ihm in den Rücken, dann muss er einem der Pferde ausweichen, das mit schreckgeweiteten Augen an ihm vorbeigaloppiert. Er stürzt auf die Knie und als er wieder hochkommt, steht Yuma Madigan nur wenige Meter entfernt, die doppelläufige Schrotflinte in beiden Händen.

Ein Schuss kracht und lässt Yuma taumeln. Die Ladung aus den Läufen seiner Schrotflinte geht in den Boden.

Rondo wirbelt herum. Sieht einen Apachen, der am Hang hinter ihm auf einem Felsen steht, einen Spencer-Karabiner an der Schulter.

Rondos Colt kracht, der Indianer kippt vornüber und rollt sich überschlagend die Steigung hinab auf den Trail.

Dann prallt jemand wuchtig von hinten gegen Rondo und reißt ihn zu Boden. Er verliert seinen Colt, landet auf dem Rücken und blickt in die hassverzerrte Fratze von Yuma Madigan.

49

Chato wollte warten, bis die Weißaugen sich gegenseitig erledigt haben. Aber Kawa hat die Geduld verloren. Und jetzt liegt sein Körper verkrümmt und leblos auf dem Trail.

Chato hebt die Winchester, um den Weißen zu töten, der Kawa erschossen hat. Er hört Baishans Warnschrei, dann kracht ein Colt. Baishan, der sich auf den stummen Jungen werfen wollte, sackt in sich zusammen.

Zwei, drei Sekunden verstreichen, bevor Chato klar wird, was geschehen ist. Der Junge wollte auf ihn schießen, als er den Weißen ins Visier nahm. Baishan hat versucht, ihn aufzuhalten. Jetzt windet er sich mit einer Kugel im Bauch am Boden. Ihre Blicke treffen sich für einen kurzen Moment, dann werden Baishans Augen stumpf und sein Körper liegt still.

Chato stößt einen Wutschrei aus.

Der Kolben seiner Winchester saust reflexartig durch die Luft und fällt den Jungen. Er kippt in den Staub. Das Blut aus seinem geborstenen Schädel tränkt die Erde.

Unten auf dem Trail sieht Chato zwei Weißaugen, die ineinander verkeilt durch den Staub rollen.

Er rennt den Hang hinab, stoppt nur wenige Meter von den beiden Kämpfenden entfernt und nimmt sie ins Visier der Winchester.

Chato hört die Pferde und den Schrei der Frau, die sie

antreibt, zu spät. Ein brutaler Schlag raubt ihm den Atem und schleudert ihn durch die Luft. Er überschlägt sich am Boden. Die blonden Haare der weißen Frau leuchten in der Sonne, als sie um eine Kurve am anderen Ende des Trails galoppiert – und das beladene Maultier mit ihr.

50

„Ich hätte dich an dem Abend erledigen sollen, als Pearl dich angeschleppt hat." Yuma presst die Worte zwischen den Zähnen hervor, während er auf Rondo liegt und ihm mit beiden Händen die Kehle zusammendrückt.

Rondo sieht sein verzerrtes Gesicht durch die schwarzen Flecken, die vor seinen Augen tanzen. Er rammt seine Fäuste in Yumas Seiten, aber dessen Griff wird trotz der Schusswunde in seiner Schulter, aus der das Blut strömt, nicht schwächer.

Rondos Finger tasten vergeblich nach einem Stein oder etwas anderem, das er Yuma gegen den Schädel knallen kann. An sein Messer kommt er nicht, es ist auf seinem Rücken und mit dem liegt er am Boden.

Rondo ist nicht einmal bewusst, was er tut.

Er hebt die Arme und krallt seine Finger in Yumas Haar. Statt ihn von sich drücken, zieht er Yumas Gesicht nach unten.

Überraschung leuchtet in dessen Augen.

Rondo reißt den Mund auf und beißt zu.

Yuma schreit.

Blut quillt in Rondos Mund, er presst die Zähne hart aufeinander. Der Knorpel von Yumas Nase gibt nach.

Seine Finger lösen sich von Rondos Hals. Blut sprudelt aus seiner verstümmelten Nase und tropft auf Rondos Gesicht.

Dessen Faust hämmert gegen Yumas Kinn und schleudert

ihn zur Seite. Rondo tritt nach ihm, schiebt sich auf den Ellenbogen nach hinten und springt taumelnd auf.

Yuma brüllt immer noch, während er versucht, die Pistole aus dem Holster vor seinem Bauch zu zerren.

Rondo sieht seinen Colt am Boden.

Und im nächsten Moment Yuma, der zusammenzuckt, als Rondo ihm alle vier verbliebenen Kugeln in den Oberkörper jagt.

Dann ist es still.

Blut breitet sich unter Yumas Körper aus. Ein Insekt lässt sich auf seiner verstümmelten Nase nieder.

Rondo steht keuchend da, die Hände auf den Oberschenkeln abgestützt.

Sein Herz rast.

In seinen Ohren rauscht das Blut wie ein Wasserfall.

Cocta Neal und Oli Parker liegen bewegungslos und verkrümmt am Boden.

Pearl ...

Rondo erinnert sich, dass er sie, während Yumas Finger ihm die Luft abschnürten, auf einem der Pferde gesehen hat. Sie hat versucht zu fliehen.

Er dreht sich nach rechts –

– und dort steht derselbe Apache, dem er gestern morgen beim Kampf in Cooper's Well schon einmal gegenübergestanden hat. Da ist die gebrochene Nase und die sich rundherum verfärbte Haut, die der leere Colt hinterlassen hat, den Rondo ihm ins Gesicht schleuderte.

Der Rote rammt ihm einen Gewehrkolben unters Kinn und sein Kopf fliegt in den Nacken.

51

Pearl galoppiert, bis sie fürchtet, das Pferd könnte unter ihr zusammenbrechen. Sie hält im Schatten einer Zypresse. Die Flanken der Tiere sind schweißnass, sie lassen erschöpft die Köpfe hängen.

Pearl sieht zurück in die Richtung, aus der sie gekommen ist. Sie hat es bis in die hügeligen Ausläufer der Chiricahuas geschafft. Hinter ihr nichts außer einem Wegekuckuck, der über den steinigen Boden flitzt und zwischen ein paar Büschen verschwindet.

Pearl rutscht aus dem Sattel. Ihre Knie zittern. Sie nimmt die Wasserflasche vom Sattelhorn und trinkt. Es ist das Pferd, auf dem Cocta Neal geritten ist. Eine Winchester steckt im Scabbard. In den Satteltaschen findet sie Brot, Käse, ein paar Kekse. Und einen geladenen Revolver, den sie in ihr Holster schiebt.

Sie schüttet etwas Wasser in ihre rechte Hand und lässt die Tiere die Flüssigkeit ablecken. Aber sie brauchen mehr Wasser, wenn sie den Weg zurück zu Pop Brennans Ranch überstehen sollen. Es gibt nur eine einzige Wasserstelle auf der ganzen Strecke und die darf sie nicht verfehlen.

Sie blickt noch einmal zurück zu den Bergen. Sie hatte nicht lange überlegt, als sie sich mitten im Chaos des Feuergefechts auf das Pferd schwang und mit dem Maultier im Schlepp die Flucht ergriff. Sie wollte nur weg, raus aus der Schusslinie.

Ob Rondo noch am Leben ist? Sie hat ihn schon einmal für

tot gehalten und dann war er wieder da. Sie fragt sich, ob sie den Apachen ahnungslos ins Messer gelaufen wären, wenn er nicht aufgetaucht wäre.

Ganz egal, wer den Kampf dort oben am Bärenfelsen überlebt, er wird sich an Pearls Fersen heften, dessen ist sie sicher. Und sie will weder Cocta Neal, noch Yuma, noch den Apachen in die Finger fallen.

Pearl verdrängt die Erschöpfung, sitzt wieder auf und reitet an. Die langen Zügel des Maultiers sind um ihren Sattelknauf geschlungen.

Fünfzigtausend Dollar.

Sie hatte nicht damit gerechnet, dass ihr das ganze Geld allein gehören würde.

Aber vielleicht tut es das jetzt.

Und der Gedanke gefällt ihr.

52

Sie sind nicht weit gekommen, als hinter ihnen das Echo der Schüsse durch die unbarmherzig heiße Luft rollt.

Lozen stoppt ihr Pferd.

Die Vision von vergangener Nacht hat sie nicht verlassen. Sie sieht sie noch genau vor sich. Die Soldaten der Weißaugen, die nach Süden reiten. Viele. Zu viele, um sich ihnen entgegenzustellen. Sie hat ihre Meinung nicht geändert. Sie müssen sich nach Mexiko zurückziehen und Kraft tanken, für was immer ihnen als Nächstes bevorsteht.

Tief im Innern weiß Lozen, dass es keine Zukunft für ihr Volk gibt. Früher ließen die Apachen sich vom Wind treiben. Heute werden sie von den weißen Soldaten getrieben.

Lozen ist klar, dass sich das niemals wieder ändern wird. Aber sie weiß auch, dass sie eher sterben wird, als sich noch einmal von ihnen in ein Reservat pferchen zu lassen.

Sie wird niemals aufhören zu kämpfen.

Als sie die Schüsse in den Bergen hört und weiß, dass Chato, Baishan und Kawa auf die Weißaugen getroffen sind, wendet sie wortlos ihr Pferd.

Weder der alte Martine noch einer der anderen Krieger fragen, warum. Sie folgen ihr wortlos.

53

Oli Parker weiß nicht, wie lange er regungslos dagelegen hat. Er hat die Schmerzen ignoriert und versucht, so flach wie möglich zu atmen, damit niemand bemerkt, wie sich sein Oberkörper bewegt.

Er hört das Scharren eines Körpers, der über den Boden gezogen wird. Angestrengtes Schnaufen. Ein Pferd, das davongeführt wird. Ist, wer immer den Kampf überlebt hat, weg? Oder ist noch jemand anderes da?

Oli hat gerade beschlossen, sich aufzurichten, als er wieder Schritte hört und verharrt. Ein Pferd schnaubt. Die Schritte entfernen sich. Oli wartet.

Schließlich hält er es nicht länger aus und drückt sich schwerfällig nach oben. Ein grässlicher Schmerz fährt durch seinen Oberkörper. Die erste Kugel, die ihn traf, hat seine Seite durchbohrt. Die Wunde tut weh, aber blutet nicht mehr. Mit etwas Glück hat sie keine inneren Organe verletzt. Die andere Kugel steckt in seiner rechten Schulter. Nicht mal tief, denn er kann sie mit den Fingern seiner Linken im Fleisch ertasten.

Er richtet sich auf. Ihm wird schwindelig.

Am Boden die Leichen von Yuma und Cocta Neal. Der Körper eines Apachen. Wo verdammt sind die schon wieder hergekommen? Egal.

Er muss hier weg, bevor–

Plötzlich liegt er wieder am Boden.

Etwas ragt aus seiner Brust.

Ist das ... ein Pfeil?

Schritte, die auf dem sandigen Boden knirschen.

Jemand beugt sich über ihn.

Eine Frau. Langes, schwarzes Haar. Bronzefarbene Haut. Sie ist hübsch, denkt Oli, aber was da in ihren dunklen Augen funkelt, ist alles andere als hübsch.

Jetzt macht er hinter ihr die Umrisse von anderen Reitern aus. Und dann ein Messer in der Hand der Frau.

Oli röchelt und spürt Blut in seinen Mund steigen, als die Frau ihm die Klinge in den Bauch rammt. Er sieht, wie sie das Messer langsam nach oben zieht. Die Klinge ist sehr scharf, denn Olis Bauchdecke gibt nach wie Butter, die zu lange in der Sonne gestanden hat. Er fühlt keinen Schmerz, aber er hätte nie gedacht, dass er jemals seine eigenen Eingeweide sehen würde.

54

Als Rondo erwachte, hatte der Apache ihn bis zum Kopf in der Erde vergraben. Die grelle Sonne und die hämmernden Kopfschmerzen ließen ihn die Augen zusammenkneifen.

Wenigstens kannst du sehen.

Er versuchte sich orientieren. Der Bärenfelsen, wo der Kampf stattgefunden hatte, ragte ein paar hundert Meter entfernt hinter den Türmen aus Rhyolithgestein in die Höhe.

Dann sah er den Apachen.

Und ein Stück weiter den Ameisenhügel.

Rondo kapierte, warum der Indianer ihn woanders hingebracht hatte. Er hatte sich eine besondere Art zum Sterben für ihn ausgesucht.

Im ersten Moment war Rondo überrascht, als der Indianer auf Englisch mit ihm sprach. Dann wurde ihm klar, dass das Chato sein musste. Das Halbblut, das mit einem weißen Vater aufgewachsen war, den er nach dem Massaker von Fort Grant eigenhändig ermordete. Rondo war die Geschichte in den vergangenen Jahren mehr als einmal zu Ohren gekommen.

Noch überraschter war er, als Chato wissen wollte, wie viel Geld in den Kisten ist, die sie in Cooper's Well aus dem Brunnen geholt haben. Indianer legten in der Regel keinen Wert auf das, was die Weißen als „Geld" bezeichneten. Es hatte in ihrem Leben keine Bedeutung.

„Fünfzigtausend Dollar, heißt es."

Das Halbblut nickte. Rondo bezweifelte, dass er eine Vorstellung von der Höhe der Summe hatte.

„Ich werde damit Waffen für mein Volk kaufen", sagte Chato, aber es klang, als spreche er mehr mit sich selbst als mit Rondo.

Der erwiderte nichts. Er überlegte verzweifelt, wie er aus diesem gottverdammten Loch herauskommen sollte und kam zu keiner Lösung.

Chato schmierte ihm das klebrige Fleisch eines Saguarokaktusses ins Gesicht, damit es die Ameisen anlockte, und sagte ihm, dass er sich die Frau und das Geld holen werde. Dann stieg er in den Sattel und ritt davon.

Jetzt kriechen die Ameisen über Rondos Gesicht.

In seine Nase. Seine Ohren. In seinen Mund.

Er zerbeißt sie, spuckt sie aus. Immer Neue rücken nach. Er spürt, wie die kleinen Bestien ihn beißen, spürt ihre Säure, die seine Haut verätzt. Es werden mit jeder Sekunde mehr, die vom Ameisenhügel in seine Richtung krabbeln, Hunderte, bald Tausende. Panik brodelt in ihm wie die heißen Quellen oben im Yellowstone. Verzweifelt stemmt er sich einmal mehr gegen das Erdreich. Einmal mehr ist es vergeblich.

Und dann hört er Schritte.

Ausgetretene Schnürstiefel, die die kleinen Körper der Insekten unter sich zertreten.

Finger, die die Ameisen grob von seinem Gesicht fegen.

Der Junge fällt vor ihm auf die Knie und fängt mit bloßen Händen an zu graben. Getrocknetes Blut klebt in seinem Gesicht, Rondo sieht eine große Platzwunde auf seiner Stirn. Rondo hat keine Vorstellung von dem, was ihm widerfahren ist, er weiß nur, dass der Junge lebt.

Und jetzt hier ist, um ihm zu helfen.

Immer wieder hält der Junge inne, um Ameisen unter seinen Sohlen zu zermalmen oder mit den Händen wegzufegen. Schweiß zieht helle Spuren durch das getrocknete Blut auf seinem Gesicht. Er keucht und schnauft, er muss furchtbare Kopfschmerzen haben, aber er wird nicht langsamer.

Nach zwanzig, dreißig Minuten hat er Rondos Hals und Schultern freigelegt, seine Finger verdreckt und blutig.

Schließlich kann Rondo erst den rechten Arm aus der Erde befreien, dann den linken. Er unterstützt den Jungen, indem er die von dessen Fingern aufgewühlte Erde zur Seite wirft. Wenigstens haben die Ameisen ihren Angriff inzwischen aufgegeben. Nur noch vereinzelt wagen sie sich in die Nähe.

Endlich kann Rondo sich aus dem Erdloch befreien.

Der Junge sackt erschöpft auf die Knie.

Rondo kriecht zu ihm.

Sie sehen sich in die Augen.

„Danke", sagt Rondo mit heiserer Stimme.

Der Junge nickt.

Eine Weile bleiben sie voreinander hocken.

Rondo deutet auf die Wunde. „Dein Kopf. Ist er okay?"

Der Junge zuckt mit den Achseln.

Ja, denkt Rondo. Natürlich. Dämliche Frage.

Der Junge streckt einen Arm aus und zeigt auf das Pferd, das ein paar Meter entfernt steht und mit hängendem Kopf ein paar Blätter von einem Busch rupft.

Rondo richtet sich langsam auf. Schwindel und kraftlose Beine lassen ihn schwanken. Dumpfe Kopfschmerzen. Der Junge hält ihn fest.

Rondo zieht das Bandana von seinem Hals, wirft es über seinen Kopf und knotet es hinten zusammen.

Der Junge stützt ihn, als sie zu dem Pferd gehen. Er fingert die Wasserflasche vom Sattelhorn. Seine ausgetrocknete Kehle schmerzt beim Trinken. Er spürt die Blicke des Jungen auf sich.

Als die Reiter erscheinen, sind sie Schattenrisse vor der grellen, im Westen stehenden Sonne. Lange Haare, die in einer Brise flattern.

Apachen.

Immer wieder die Apachen.

Gottverdammt ...

Rondos Hand fährt zum Colt an seiner Hüfte. Aber da ist keiner. Natürlich nicht. Topsannahs Messer steckt auch nicht mehr in der Scheide auf seinem Rücken. Chato hat ihm alles abgenommen.

Selbst wenn er es aufs Pferd schaffen würde, hätte er keine Chance, ihnen zu entkommen.

Die Indianer treiben ihre Pferde in gemächlichem Tempo auf ihn zu. Acht Reiter.

An der Spitze die Frau.

Lozen.

Ihre dunklen Augen mustern Rondo.

Und den Jungen, der sich an seine Seite presst.

Ihre Augen ziehen sich fragend zusammen.

Rondo erinnert sich an die Nacht, als sie während des Monsuns den gefangenen Apachen befreite. Als Lozen und Rondo aufeinander schossen und sich verfehlten.

Jetzt schiebt sie den Ärmel ihres Kleids nach oben und zeigt ihm eine verkrustete Wunde. Er versteht. Er hat sie nicht verfehlt.

Er weiß nicht, warum sie ihm die Wunde zeigt, denn ihr Gesicht bleibt ausdruckslos.

Genau wie die der anderen Krieger.

Rondo fragt sich, warum sie ihn nicht längst mit Kugeln und Pfeilen durchlöchert haben.

Ein alter Krieger mit grauen Strähnen im Haar untersucht die Spuren am Boden. Er sagt etwas zu Lozen und deutet nach Norden. Sie nickt. Dann spricht sie den Jungen an.

Obwohl er Comanche ist, scheint er sie zu verstehen. Er sieht zu Rondo, dann wieder zu Lozen. Er nickt.

Sie winkt ihn zu sich.

Der Junge blickt noch einmal zu Rondo.

Seine Finger berühren kurz Rondos Hand.

Rondo versteht – es ist ein Abschied.

Der Junge wendet sich ab und geht zu Lozen hinüber. Sie beugt sich nach unten und streckt ihm einen Arm entgegen.

Rondo sieht zu, wie sie ihn hinter sich auf den Pferderücken zieht.

Lozen blickt noch einmal nachdenklich nach Norden. Aber dann zieht sie ihr Pferd in die entgegengesetzte Richtung.

Rondo ahnt, wohin sie reiten. Über die Grenze. Zu Lozens Bruder Victorio. Keiner der Apachen blickt zu ihm zurück, nicht mal der Junge. Es ist, als würde er für sie nicht mehr existieren.

Rondo blinzelt, dann sind sie verschwunden. Als hätte die Wüste sie verschluckt. Apachen eben.

Er trinkt noch einmal aus der Wasserflasche, dann legen sich seine Hände um den Sattelknauf und er zieht sich mühsam nach oben. Rammt dem Pferd die Hacken in die Flanken und treibt es nach Norden.

Vielleicht hat Chato Pearl längst erwischt.

Vielleicht lebt sie noch.

So oder so.

Rondo wird ihn finden.

55

Die Luft vor Pearl flimmert über dem ausgedörrten, harten Boden, über den Kakteen, dem Sagebrush und den vereinzelten Mesquitebäumen. Eine Gila-Echse beobachtet sie mit ihren leblosen Augen vom Rücken eines Felsbrockens.

Pearl lässt Pferd und Maultier im Schritt gehen, nachdem sie eine Weile Trab geritten ist. Die Sonne brennt heiß auf sie herab und sie wünscht sich, sie hätte ihren Strohhut noch.

Immer wieder blickt sie über die Schulter.

Die Weite der Wüste.

Menschenleer.

Keine Staubwolke – nichts, was auf einen oder mehrere Verfolger hindeutet.

Ihre Nervosität verebbt mit jeder Meile, die sie hinter sich bringt. Weicht der Zuversicht, es unbehelligt zurück zur Ranch von Pop Brennan zu schaffen.

Was ist aus Rondo, Yuma und den anderen geworden? Haben sie sich alle gegenseitig umgelegt? Oder wurden sie von den Apachen massakriert?

Pearl dreht sich im Sattel.

Die beiden Kisten mit den Lohngeldern auf dem Maultier.

Fünfzigtausend Dollar.

Der Gedanke an das Geld zaubert ein Lächeln auf ihr Gesicht. Zum ersten Mal in ihrem Leben wird sie ein Bankkonto brauchen. Allerdings auch eine Bank, die keine Fragen stellt. Die wird sich finden. Pearl ist zuversichtlich, dass sie einen allzu neugierigen Bankier mit den kombinierten Waffen ihres Aussehens, ihres Körpers und ihres Charmes einwickeln kann – so wie sie Männer ihr Leben lang damit eingewickelt hat.

Sie hört den Schuss erst, als ihr Pferd bereits zusammenbricht. Sie kann im letzten Moment die Füße aus den Steigbügeln reißen und die Beine anwinkeln, damit diese nicht unter dem schweren Leib eingeklemmt werden. Sie prallt schmerzhaft in den Staub und rollt sich zur Seite. Das Maultier scheut, aber der Führungsstrick ist noch immer fest um den Sattelknauf des Pferds gewickelt, das zuckend und schnaubend am Boden liegt.

Pearl kämpft sich auf die Knie, reißt mit zitternden Fingern den Colt aus ihrem Holster. Panik steigt in ihr auf. Sie presst sich an den massiven Körper des sterbenden Pferds und spürt, wie sich ihr Hemd mit dessen Blut vollsaugt. Woher ist der Schuss gekommen?

Für einen Sekundenbruchteil sieht sie die halbnackte Gestalt eines langhaarigen Mannes – ein Apache – der sich wie ein Geist vor ihr aus dem Boden materialisiert. Wahrscheinlich hat er sich in einem Arroyo versteckt und von dort auf sie geschossen.

Pearls Colt kracht, aber der Indianer ist nicht länger zu sehen. Sie weiß, was ihr bevorsteht, wenn die Apachen sie lebend in die Hände bekommen. Und was sie tun muss, damit ihr das erspart bleibt ...

Nein, verdammt. Nicht jetzt, wo sie das Geld hat.

Sie lässt den Blick umherschweifen.

Nichts. Wie viele Apachen sind es? Ist der Krieger allein?

Minutenlange Stille.

Pearl beißt sich auf die ausgetrockneten Lippen. Schweiß brennt in ihren Augen, ihre Sicht verschwimmt.

Sie blinzelt – und da sieht sie ihn wieder – der Apache springt aus dem Arroyo – rennt direkt auf sie zu.

Sie feuert – Dreck spritzt zu Füßen des Kriegers auf. Der Mann schlägt einen Haken, sie schießt erneut, verfehlt ihn wieder.

Der Indianer reißt im Laufen ein Gewehr an die Schulter - eine Winchester – feuert mehrmals hintereinander.

Pearl zieht den Kopf ein, hört die Geschosse schmatzend in den Kadaver ihres Pferdes schlagen.

Sie dreht die Trommel des Colts – eine Patrone noch ...

Du weißt, was du zu tun hast.

Sie schiebt sich den Lauf der Waffe mit zitternden Fingern zwischen die geöffneten Lippen.

Schließt die Augen.

Krümmt ihren Finger um den Abzug.

Eine Hand reißt ihr die Waffe aus dem Mund, bricht ihr dabei einen Zahn ab – Schmerz schießt wie eine eisige Nadel hoch bis hinter ihre Stirn. Der Schuss löst sich zwar noch, aber geht in den Himmel. Pearls Ohren klingeln.

Sie hält die Augen fest geschlossen. Sie will ihn nicht ansehen. Aber sie spürt ihn dicht vor sich stehen. Sein Geruch steigt ihr in die Nase.

„Sieh mich an."

Er spricht ihre Sprache ...

Sie öffnet die Augen.

Ein drahtiger, muskulöser Körper. Ein breiter Mund und schmale, kalte Augen. Der dünne Flaum eines spärlichen Barts auf seiner Oberlippe.

Er befingert ihr blondes Haar. Ihre Brüste unter dem schmutzigen Hemd. Er kneift grob hinein. Als wäre sie ein Stück Fleisch.

Pearl zittert am ganzen Körper – dann streckt sie den Arm aus und schiebt ihre Hand unter seinen Lendenschurz – zwischen seine Beine.

Der Apache erstarrt.

Sein Gesichtsausdruck bleibt stoisch, aber Pearl spürt, dass ihre Finger etwas in ihm bewirken.

Sie richtet sich langsam auf, ohne die Hand aus seinem Schritt zu nehmen.

Er rührt sich nicht.

Sie will leben und ist bereit, alles dafür zu tun.

Aber nach ihren Regeln.

Sie presst ihre Brüste gegen seinen harten Oberkörper –

zuckt zusammen, als er ihr Handgelenk packt. „Ich werde dich verkaufen. *Mexicanos* zahlen gut für eine Gringa."

Dann dreht er sich einfach um.

Pearls Blick fällt auf das Messer, das er hinten in seinen Gürtel geschoben hat. Sie erkennt die Waffe wieder. Sie gehört Rondo.

Sie denkt nicht darüber nach. Ist genauso überrascht wie er, als sich ihre Finger um den Griff des Messers schließen und der Apache mit einem Ruck wieder zu ihr herumfährt.

56

Zuerst sind es nur schwarze Punkte in der vor Hitze flirrenden Luft. Sie werden größer, und schließlich kann er das Maultier mit den Geldkisten ausmachen. Ein totes Pferd am Boden, ein zweites steht mit hängendem Kopf daneben.

Pearl sieht ihm entgegen. Eine schussbereite Winchester in den Händen.

Rondo zügelt das Pferd.

„Ich dachte, du wärst tot", sagt sie.

„Das dachte ich auch."

Chato hockt auf den Knien. Beide Hände auf den Bauch gepresst. Blut fließt unaufhaltsam über seine Finger und versickert zwischen seinen Oberschenkeln am Boden. Der breite Brustkorb hebt und senkt sich langsam, jeder Atemzug wird von einem schmerzerfüllten Grunzen begleitet.

Ein Stück weiter liegt Rondos Messer.

Die Klinge blutverschmiert.

Rondo hat mit allem gerechnet, aber nicht damit.

Er rutscht aus dem Sattel. „Bist du verletzt?"

Pearl schüttelt den Kopf. „Nicht der Rede wert." Sie zieht ihre Oberlippe hoch und zeigt ihm ihren abgebrochenen Zahn.

„Die anderen?", fragt sie.

„Tot."

Chato fängt leise an zu singen. Nach kurzer Zeit wird sein

Körper von einem Hustenanfall durchgeschüttelt. Blut glänzt auf seinen Lippen. Seine Schmerzen müssen höllisch sein.

Rondo sieht einen Colt am Boden liegen und bückt sich danach. Die Trommel ist leer und er füttert sie mit Patronen aus seinem Gürtel.

Als er sich zu Chato umdreht, hat dieser den Kopf gehoben.

Ihre Blicke treffen sich.

Rondo schießt ihm zwischen die Augen.

„Ich dachte, du verschwendest keine Kugeln", sagt Pearl. „Er war so gut wie tot."

Rondo erwidert nichts. Rammt den Colt ins Holster, dann hebt er Topsannahs Messer auf und schiebt es in die Scheide auf seinem Rücken.

„Reiten wir", sagt er und geht zu seinem Pferd.

57

Pearl starrt auf Rondos Rücken.

Ihr Blick wandert zu den Holzkisten auf dem Maultier. Fünfzigtausend Dollar, die ihr vor wenigen Minuten noch ganz allein gehört haben.

Sie braucht keine Männer.

Sie benutzt sie.

Wer ist Rondo?

Sie denkt an die Nacht in der Adoberuine im prasselnden Regen des Monsuns. An ihre gemeinsame Zeit vor vielen Jahren in Tony Leggs Saloon in Austin.

Damals war sie ein anderer Mensch. Und er auch.

Jetzt ist er ein Killer. Ein gefährlicher Mann. Einer, dem sie genauso wenig vertraut, wie sie Yuma Madigan oder irgendeinem anderen Mann jemals vertraut hat.

Sie braucht Rondo nicht.

Fünfzigtausend Dollar ...

58

Er hört, wie sie die Winchester repetiert.

Als er sich zu ihr umdreht, hat sie den Kolben bereits in die Schulter gepresst und visiert ihn über den Lauf hinweg an.

Der Schuss verhallt.

Pearls Augen sind weit aufgerissen.

Ihr Mund steht offen.

Die Winchester rutscht aus ihren Fingern.

Ein Blutfleck breitet sich zwischen ihren Brüsten aus.

Dann geben ihre Beine nach und sie kippt auf den Rücken.

Rondo steckt den Colt zurück ins Holster.

Geht zu ihr.

Sie blickt aus glasigen Augen zu ihm auf.

„Ich habe dich gemocht", sagt sie leise. „Vielleicht sogar geliebt."

„Hast du nicht. Du wolltest mich abknallen."

Rondo sieht das Blut auf ihren weißen Zähnen, als sie lächelt.

„Ich war schon immer eine Egoistin ..."

Ihre Lider flattern.

Fallen zu.

Ein letzter Atemstoß kommt über ihre vollen Lippen, dann liegt sie so still wie die Wüste, die sie umgibt.

59

Rondo nimmt sich die Zeit, Pearls Körper mit Steinen zu bedecken, bevor er in den Sattel steigt, das Maultier mit dem Geld und Chatos Pferd hinter sich.

Eine halbe Stunde später kommt eine Staubwolke aus Norden auf ihn zu. Er glaubt nicht, dass es Apachen sind. Trotzdem zieht er die Winchester aus dem Scabbard und legt sie quer vor sich über den Sattel.

Nach ein paar Minuten erkennt er, dass es Soldaten sind. Sechs Reiter, an der Spitze ein Apachen-Scout und ein Offizier.

Sie haben ihn ebenfalls bemerkt.

Er könnte versuchen abzuhauen, aber das Maultier und die Pferde sind zu erschöpft. Also reitet er den Soldaten in gemächlichem Tempo entgegen, bis sie voreinander stoppen.

Von Alkalistaub bedeckte Uniformen. Sonnengegerbte Gesichter unter speckigen Hutkrempen. Der Offizier ist ein Lieutenant mit stolz gezwirbeltem Schnurrbart. Seine grauen Augen finden die beiden Holzkisten auf dem Maultier. Gier flackert in seinen Pupillen wie ein Leuchtfeuer in dunkler Nacht.

Rondo weiß sofort, wer er ist. Lieutenant Tyreen. Der Mann, dem Pearl die Karte von Marvin Sturges gestohlen hat. Der Mann, der nicht die Absicht hatte, die Existenz der Karte seinen Vorgesetzten zu melden, sondern das Geld selbst zu finden.

Gottverdammt, denkt Rondo. Gottverdammt.

„Was sie dort haben, ist Eigentum der Armee der Vereinigten Staaten."

Rondo verzieht keine Miene. „Die Pferde gehören mir."

„Ich meine nicht die Pferde. Werfen Sie das Gewehr auf den Boden."

Lieutenant Tyreens Hand liegt auf dem Griff seines Revolvers im offenen Army-Holster. Die Soldaten halten ihre Springfield-Karabiner in den Händen. Rondo könnte Tyreen und vielleicht einen oder zwei andere erwischen, bevor der Rest ihn durchlöchert. Also gehorcht er.

„Den Revolver auch."

Der Colt folgt der Winchester in den Dreck.

„Absteigen."

Wieder folgt Rondo der Anweisung.

Tyreen treibt sein Pferd nach vorn und zügelt es neben Rondo. „Ich nehme an, Pearl ist tot?"

Rondo nickt.

„Eine Schande. Sie war ein Miststück. Aber ich hätte ihr eine zweite Chance gegeben."

Das hätte ihr gefallen, denkt Rondo, aber erwidert nichts.

„Ich nehme an, der Rest eurer kleinen Truppe hat es nicht geschafft", sagt Tyreen. „Die Apachen, stimmt's?"

Rondo nickt wieder.

Tyreen zieht den Hut vom Kopf und wischt sich mit dem Uniformärmel den Schweiß aus dem Gesicht. „Sie haben Pop Brennan und seine beiden Mexikaner massakriert."

Das hatte Rondo befürchtet. Er fragt sich nach dem Schicksal seines Appaloosas. Der Hengst duldet niemand anderen außer Rondo auf seinem Rücken. Falls die Apachen es nicht geschlachtet haben, besteht durchaus die Chance, dass er sein Pferd wiederfindet.

Tyreen setzt den Hut wieder auf. „Ich nehme an, der alte Pop hat gemeinsame Sache mit euch gemacht. Wo sind die Roten?"

„Auf dem Weg zur Grenze, schätze ich."

Der Lieutenant lächelt. „Sollen sich die Mexikaner um das Pack kümmern." Er beugt sich vor und greift nach dem Führungsstrick des Maultiers. „Shakko, nimm die anderen Pferde."

Der Apachen-Scout mit der langen Narbe unter einem Auge nickt fragend in Rondos Richtung.

„Ja. Seins auch", sagt Tyreen.

Rondo kapiert. Sie werden ihn nicht verhaften. Tyreen hat die Männer, die ihn begleiten, eingeweiht. Sie werden das Geld unter sich aufteilen. Vorausgesetzt, sie legen sich nicht vorher gegenseitig dafür um.

Denn Aasgeier sind sie alle.

Einer der Soldaten entlädt Rondos Colt und die Winchester und steckt die Munition ein. Der Scout hat die Zügel des Maultiers und der beiden anderen Pferde an sich genommen.

Tyreen legt den Kopf in den Nacken. Über ihnen steht die Sonne glühend heiß am Himmel. Der Lieutenant blickt wieder zu Rondo.

Der weiß, was er denkt. Ohne Pferd und ohne Wasser sind Rondos Überlebenschancen gleich Null. Tyreen und die Soldaten brauchen keine Kugel für ihn zu verschwenden.

„Beinahe hätten Sie es geschafft", sagt Tyreen mit einem Anflug von Respekt in der Stimme.

Kurz darauf lassen die Soldaten ihn ebenso allein zurück wie zuvor Lozen und die Apachen. Die hatten ihm wenigstens sein Pferd gelassen.

Rondo bückt sich nach dem leeren Colt und steckt ihn ins Holster. Hebt die Winchester auf. Er schiebt zwei Finger in die Hosentasche und sie kommen mit einer Patrone wieder zum Vorschein. Er lädt sie in die Winchester.

Eine Patrone ist besser als gar keine.

Von Lieutenant Tyreen und den Soldaten ist nur noch eine immer kleiner werdende Staubwolke zu sehen, und kurz darauf gar nichts mehr.

Tyreen hat recht gehabt.

Beinahe hätte er es geschafft.

Aber eben nur beinahe.

Rondo fängt an zu lachen.

Erst leise, dann immer lauter.

Schließlich setzt er sich in Bewegung.

Die Sonne brennt erbarmungslos auf ihn herab.

Und die Aasfresser warten schon.

RONDO kehrt zurück
in
LECK DAS BLUT VON MEINEN STIEFELN, GRINGO

Eine kleine Bitte:

Positive Rezensionen helfen dabei Bücher für andere Leser:innen schmackhaft zu machen. Wem **Rondo – Aasgeier sind sie alle** also gefallen hat: Über ein paar freundliche Zeilen und ein paar Sternchen würde ich mich freuen.

Danke an:

Thomas Williams, Dominik Starck, Benjamin Spang und Christian Lukas für ihre Ratschläge zum perfekten Ende.

Lozen, die Apachen-Kriegerin, ist übrigens keine Fiktion. Sie hat wirklich gelebt. Wer sich für ihre Geschichte interessiert, findet im Internet viele Quellen und Bücher. Mein persönlicher Favorit zum Thema Apachen, den ich im Zuge des Schreibens von „Aasgeier sind sie alle" gelesen habe, ist David Roberts Buch *Once they moved like the wind,* die tragische und emotionale Geschichte der Apachen-Kriege und ihrer Beteiligten.

BÜCHER VON STEFAN BARTH

Die Rondo-Western

Sechs Kugeln für den Bastard

Leise rieselt der Tod (Christmas-Special)

Hollywood Kills

Es war einmal in Deutschland

Drecksnest

Dead Mountain

Einen Kopf kürzer

Außerdem Geschichten in

Erntenacht: Dunkle Folklore (Anthologie)

Nachtmeer: Dunkle Folklore (Anthologie)

ÜBER DEN AUTOR

Stefan Barth wurde im schönen Hagen am Rande des Ruhrgebiets geboren, lebte in Los Angeles und hat seine Zelte jetzt in Berlin aufgeschlagen. Er liebt Genre-Stoffe und schreibt hauptberuflich Drehbücher für Serien und Filme.

twitter.com/braetzman
instagram.com/rico_fardan